JAN BEINSSEN

Todesfrauen

IN DER FALLE Nürnberg, 1993. Antiquitätenhändlerin Gabriele Doberstein erhält ein vielversprechendes Angebot: Vladi, ein Taxifahrer mit serbischen Wurzeln, berichtet ihr von einer Gemäldesammlung, die seinen Verwandten in den Wirren des Jugoslawienkonflikts als Kriegsbeute in die Hände fiel. Er bietet ihr an, sie gegen einen geringen Vermittlungsanteil in den Besitz dieser Gemälde zu bringen.

Gabriele wittert ein schnelles und risikoarmes Geschäft. Sie beschließt, Vladis Naivität auszunutzen, sich die wertvollen Bilder anzueignen und ihn mit einem Almosen abzuspeisen.

Um nicht Gefahr zu laufen, dass die wertvolle Sammlung deutschen Fahndern in die Hände fällt, fahren Gabriele und ihre Freundin Sina Rubov für die Übergabe auf den Truppenübungsplatz Grafenwöhr in der Oberpfalz. Doch dort erwartet sie eine unangenehme Überraschung. Viel zu spät bemerken die beiden Frauen, dass sie in eine Falle gelockt wurden …

Jan Beinßen, geboren 1965 in Stadthagen, studierte Germanistik und arbeitete viele Jahre in großen Zeitungsredaktionen. Seit 1993 lebt er als Journalist und Autor in Nürnberg. Bislang hat er acht Kriminalromane veröffentlicht, bekannt wurde er vor allem durch seine beliebte Paul-Flemming-Serie. Der Roman »Todesfrauen« ist der dritte Teil seiner Krimiserie um das ungleiche Ermittler-Duo Gabriele Doberstein und Sina Rubov.

Bisherige Veröffentlichungen im Gmeiner-Verlag:
Goldfrauen (2010)
Feuerfrauen (2010)

JAN BEINSSEN

Todesfrauen

Kriminalroman

Original

Besuchen Sie uns im Internet:
www.gmeiner-verlag.de

Im Ehnried 5, 88605 Meßkirch
Telefon 0 75 75/20 95-0
info@gmeiner-verlag.de

1. Auflage 2011

Lektorat: Claudia Senghaas, Kirchardt
Herstellung/Korrekturen: Julia Franze / Sven Lang
Umschlaggestaltung: U.O.R.G. Lutz Eberle, Stuttgart
unter Verwendung eines Fotos von: kaibieler / photocase.com
Druck: Fuldaer Verlagsanstalt, Fulda
Printed in Germany
ISBN 978-3-8392-1196-0

Personen und Handlung sind frei erfunden. Ähnlichkeiten mit lebenden oder toten Personen sind rein zufällig und nicht beabsichtigt.

1

Nürnberg, im Spätsommer 1993

Der Mercedes, der vor ihrem Antiquitätengeschäft in der Pirckheimerstraße stand, war ihr ein Dorn im Auge. Er trug die gleiche beige Lackierung wie alle Taxen, aber er sah heruntergekommen aus, war schmutzbespritzt und hatte sogar den Stern auf dem Kühler eingebüßt. Kurzum ein Schandfleck, der ausgerechnet bei Gabriele Doberstein vor der Tür parkte und womöglich die Kundschaft abschreckte!

Auch der Fahrer machte einen verlotterten Eindruck: Der junge Mann war für Gabrieles Geschmack viel zu leger gekleidet: ausgelatschte Turnschuhe, abgewetzte Jeans und ausgebeulte Lederjacke. Sein schwarzes Haar war fransig, Wangen und Kinn seit mindestens drei Tagen unrasiert.

Dass Gabriele sowohl den Mercedes vor ihrem Laden als auch den Chauffeur in ihrer Teeküche duldete, hatte zwei Gründe: Zum einen war Vladi ein Charmeur. Seine blassblauen Augen, die einen starken Kontrast zu seinem Haar und dem dunklen Teint bildeten, strahlten verschmitzte Intelligenz aus und schmeichelten Gabriele ebenso, wie es Vladis Worte taten. Dass er es nahezu perfekt verstand, eine Dame reiferen Jahrgangs zu umgarnen, war jedoch der schwächere der beiden Gründe, denn Gabriele war inzwischen erfahren genug, um die Männerwelt zu durchschauen und sich nicht auf simples Kokettieren einzulassen.

Als wesentlich schwergewichtiger erwies sich der zweite Grund, den Vladi aufgetischt hatte wie ein Mehr-Gänge-Menü in einem erlesenen Restaurant – und in gewisser Weise war die Nachricht für Gabriele ähnlich köstlich wie ein delikates Essen und regte ihren Appetit an. Allerdings nicht auf Delikatessen aus der Küche, sondern auf Kunst.

Vladi war ein flüchtiger Bekannter, der Gabriele und ihre beste Freundin Sina Rubov ab und zu in seinem Taxi gefahren hatte. Sie wussten, dass er gegen einen kleinen Aufpreis auch Touren unternahm, die zu fragwürdigen Zielen führten, und selbst vor einer Verfolgungsfahrt nicht zurückscheute. So hatte Gabriele seine Visitenkarte aufbewahrt und ihn hin und wieder angerufen, wenn sie mal einen Deal mit Antiquitäten plante, der nicht ganz legal war oder aus steuertechnischen Gründen nachts und heimlich erfolgen musste. Vladi zeigte sich stets als zuverlässig und verschwiegen. Und er war schnell zur Stelle, wenn man ihn rief.

Heute Abend aber hatte Gabriele ihn nicht gerufen. Er war völlig überraschend kurz vor Geschäftsschluss aufgetaucht, hatte um ein Gespräch gebeten und sich von ihr in den hinteren Teil des Ladens führen lassen, wo Gabriele ein kleines Rückzugsrefugium eingerichtet hatte, das durch einen Vorhang vom Verkaufsraum getrennt blieb.

Nun saß er ihr gegenüber und holte weit aus. »Ich habe immer noch die besten Verbindungen ins ganze Land«, brüstete er sich, wobei Gabriele ahnen konnte, dass er mit dem Land nicht seine neue Heimat, sondern das im Zerfall begriffene Jugoslawien meinte. »Trotz des Krieges bin ich jeden Urlaub dort. Meine Verwandten in Belgrad erklären mich für verrückt, weil ich mitten durchs Kriegsgebiet fahre, um sie zu besuchen. Aber ich sage denen: Es ist immer noch mein Land, und ich lasse mich in meiner Bewegungsfreiheit nicht durch territoriale Konflikte beschneiden.« Er lächelte wie ein spitzbübisches Kind, als er Dinge erzählte, die Gabriele später noch schwer im Magen liegen würden: »Meine letzte Tour habe ich in Zagreb gestartet. Von dort aus ging's durch entvölkerte Landstriche der Posavina, über neue Pseudogrenzen hinweg, vorbei an Ruinen, Minenfeldern und Friedhöfen nach Bosnien.«

»War das nicht sehr gefährlich für Sie?«, fragte Gabriele, wobei ihr bewusst wurde, wie wenig greifbar und transparent der ganze Balkankonflikt für sie war, obwohl man doch Tag für Tag in den Nachrichten darüber informiert wurde. Die einzige klare und deutliche Botschaft, die sie aus Zeitungen und Fernsehen aufgeschnappt hatte, bestand darin, dass die Serben in den Augen der Weltöffentlichkeit die Rolle der Bösen in diesem Krieg spielten und die anderen Volksgruppen und ethnischen Minderheiten ihre Opfer darstellten. Vladi war Serbe – gehörte er damit automatisch zu den Bösen?

»Ich muss mich natürlich vorsehen und darf niemandem auf die Nase binden, wer ich bin und woher ich stamme. Aber woran – außer an meinen Papieren – sollten es die Leute denn merken?« Er sah sie mit seinem entwaffnend ehrlichen Blick an und grinste. »Wenn ich unterwegs bin und ein Wirtshaus finde, das noch nicht zerbombt oder zerschossen ist, setze ich mich hinein und bestelle mein Leibgericht, einen Lammbraten. Der heißt auf serbisch jagnjetina und auf kroatisch janjetina. Daran zeigt sich doch, wie marginal der Unterschied zwischen unseren Kulturen ist. Jugoslawien ist ein ineinandergreifendes Gefüge, das man nicht mit Gewalt auseinanderreißen sollte. Hier, bei euch im Westen, wird aber leider viel zu sehr gegen eine Volksgruppe polemisiert, nämlich meine.«

»Zugegeben: Die Serben genießen zurzeit nicht den besten Ruf«, sagte Gabriele und bemühte sich, nicht an ethnische Säuberungen und Massenerschießungen zu denken, um ja keine Grundsatzdiskussion mit dem Taxifahrer anzufangen. Denn Gabrieles Rolle bestand nicht aus der einer Weltverbesserin, sondern aus der einer Geschäftsfrau. Wenn es sein musste, sogar einer knallharten Geschäftsfrau! »Kommen wir zurück auf den Punkt«, kürzte sie Vladis Schilderungen seiner Exkursionen durchs Kriegsgebiet ab. »Sie sind bei

Ihrer letzten Reise auf eine Quelle gestoßen, ist das richtig? Auf eine Quelle, aus der es Gemälde sprudelt, die auf den internationalen Listen der verschollenen Kunstwerke stehen?« Es fiel ihr schwer, ihre Neugierde länger zu zügeln. »Können Sie konkreter werden? Ein Beispiel nennen?«

Vladi seufzte. »Mir würde es leichter fallen, wenn wir das aufgesetzte Siezen lassen könnten. Bei konspirativen Verhandlungen muss man sich einfach duzen! Das ist das Minimum einer Vertrauensbasis.«

»Einverstanden«, sagte Gabriele ungeduldig. »Ich bin Gabi.« Sie streckte ihm die Hand entgegen.

Vladi schlug ein, hielt die Hand fest und drückte Gabriele im gleichen Moment einen Kuss auf die Wange. »Und das ist die zweite vertrauensbildende Maßnahme«, erklärte er lächelnd, als sie ihn überrascht ansah.

Dann, endlich, rückte er mit der eigentlichen Botschaft heraus: Er berichtete von einer Fahrt in eine schwer kriegsgeschädigte Stadt, die er vor Abschluss des Deals jedoch nicht namentlich nennen wollte. Er beschrieb, wie er durch Zufall auf eine Gruppe serbischer Deserteure, bosnischer Landser und albanischer Grenzgänger gestoßen war, die in den Besitz eines Containers mit brisanter Fracht gelangt waren.

»Es handelt sich um einen Überseecontainer, der jetzt in einer Scheune steht«, führte Vladi aus. »Er befand sich auf dem Weg an die Küste, von wo aus ihn sein rechtmäßiger Eigentümer außer Landes schaffen lassen wollte – obwohl von rechtmäßig wohl nicht die Rede sein kann, weil dieser Eigentümer selbst ein Verbrecher und der Inhalt samt und sonders zusammengestohlen worden war. Wie dem auch sei: Dieser bunte Haufen von Haudegen konnte die Ladung aufbringen und vorläufig unterstellen. Nun wollen die Männer ihre Beute zu Geld machen. Aber die meisten Bilder, die sich in dem Container stapeln, stehen auf internationalen Kunstfahndungslisten und sind für den Laien damit so gut wie unverkäuflich.« Er strahlte sie aus seinen hellblauen Augen an. »Damit kommst du ins Spiel!«

Gabriele ließ sich von seinem Lächeln trotz ihrer inneren Begeisterung nicht anstecken. Sie dachte an frühere Jugoslawienurlaube und an die heißen Sommer dort unten. Sehr sachlich fragte sie: »Zunächst das Wichtigste: Ist der Container klimatisiert?«

Vladi nickte eifrig. »Ja. Sie haben einen Generator angeschlossen, um die Anlage am Laufen zu halten. Und sie sind keine Vandalen. Alles ist noch immer fachgerecht verpackt und verstaut. Ich habe mich selbst davon überzeugt.«

»Also gut.« Gabriele setzte ihre Lesebrille auf und stützte anschließend ihr Kinn auf ihre gefalteten Hände. »Dann zeig mir doch mal die Liste mit den Namen der Bilder. Vielleicht kann ich das ein oder andere weitervermitteln.«

»Gern«, sagte Vladi und zog einen sorgsam gefalteten Bogen Papier aus seiner Lederjacke.

2

Eine knappe Stunde später saß Gabriele mit vor Aufregung hochrotem Kopf am Telefon und wartete ungeduldig, dass sich Sina Rubov melden würde. Vladi war mit dem Versprechen gegangen, sich schon bald mit weiteren Details und Kontaktdaten zu seinen Mittelsleuten zu melden. Nun brannte Gabriele darauf, die Neuigkeiten ihrer besten Freundin und Partnerin bei heiklen Geschäften wie diesen mitzuteilen.

Doch das junge Ding ließ sich Zeit! War sie etwa gar nicht zu Hause, sondern joggen oder bei ihrem dämlichen Aerobickurs, den sie neulich begonnen hatte? Gabriele war nahe dran, den Hörer auf die Gabel zu schmeißen, als das Freizeichen mit einem Klick unterbrochen wurde und die Stimme einer verschlafenen Sina erklang: »Pronto?«, meldete sie sich auf Italienisch, was wohl cool klingen sollte.

»Ich bin's, Kleines«, rief Gabriele in den Apparat. »Ich habe Arbeit für dich! Ich benötige dringend ein Dossier über den Balkankonflikt. Jedes Detail kann wichtig sein. Vor allem brauche ich verlässliche Informationen über die Sicherheitslage für Reisende aus dem Ausland.«

Zunächst herrschte Schweigen am anderen Ende der Leitung. Dann sagte Sina recht flapsig: »Gabi, du schlägst schon wieder deinen Kommandeurstonfall an, der gefällt mir gar nicht. Wenn du was von mir willst, sag es vernünftig und wenigstens mit einer winzigen Prise Freundlichkeit.«

»Also gut.« Gabriele seufzte. »Das Ganze noch mal netter: Liebe Sina …«

»Stopp!«, fuhr die andere dazwischen. »Nicht am Telefon. Ich will zumindest eine Tasse Kaffee von dir haben und ein paar von deinen leckeren Erdnusskeksen, wenn du mich schon wieder ausnutzen willst.«

Wenig später kündigte die Türklingel Sinas Erscheinen an. Die junge Frau mit dem kastanienbraunen Kurzhaarschnitt war sportlich gekleidet, trug Bluejeans, Kapuzen-Sweatshirt und Freizeitschuhe. Sie grüßte flötend und schlenderte auf ihre Freundin zu, die sich in der hinteren Ecke des Ausstellungsraums über ein größeres Exponat beugte.

Sina kam näher und hielt Gabriele die aktuelle Ausgabe der Nürnberger Nachrichten unter die Nase. »Hast du schon gelesen?«, fragte sie. »Wir kriegen hohen Besuch. Der amerikanische Vizepräsident Al Gore kommt nach Nürnberg! Das ist doch endlich mal 'ne richtig große Sache für dieses verschlafene Nest, was?«

Gabriele antwortete nicht, sondern konzentrierte sich auf ihre Arbeit. Erst jetzt richtete Sina ihre Aufmerksamkeit auf das Ausstellungsstück und erkannte eine lebensgroße Figur des Gekreuzigten, die auf zwei nüchternen Blöcken ruhte. Es handelte sich um eine ausgesprochen gelungene Jesus-Darstellung. Sinas Hand war versucht, über das glatte, dunkelbraun getönte Lindenholz zu streichen, um Adern, Muskeln, Gelenke und Sehnen nachzufahren, den kühnen Schwung des Lendentuches zu erspüren. Atemberaubend schön erschien ihr der gotisch schlanke Körper, der sanft zur Seite geneigte Kopf, die über die Schulter fließenden Haarlocken. Das altmodische Wort Ehrfurcht fiel ihr ein.

Die Jesus-Figur kam Sina vage bekannt vor. Sie überlegte, wo sie sie schon einmal gesehen und bewundert hatte. Sie stellte sie sich aufgehängt an einem schweren Holzkreuz vor – und dann fiel es ihr ein!

Überrascht und erschreckt zugleich sah sie ihre Freundin an. »Das ist doch nicht etwa der Gekreuzigte von St. Lorenz? Das Meisterwerk von Veit Stoß?« Da Gabriele nicht sofort antwortete, malte sich Sina die schlimmsten Szenarien aus: »Wie bist du da rangekommen? Hast du ihn stehlen lassen? Willst du ihn auf dem Balkan absetzen und brauchst dafür meine Hilfe? Dieses Glanzstück der Nürnberger Kunstgeschichte an irgendwelche kunstverliebten Warlords verscherbeln?«

Gabriele wartete, bis ihre Freundin genügend Dampf abgelassen hatte. Dann krümmte sie den rechten Zeigefinger und klopfte gegen den Kopf des hölzernen Jesus. »Für was hältst du mich? Das hier ist eine Kopie oder besser gesagt ein Plagiat. Ist irgendwann im ausgehenden 19. Jahrhundert entstanden und hing in einer Privatkapelle. Ich habe das gute Stück günstig erworben, aber Reichtümer kann ich mir durch den Verkauf kaum erwarten – schon gar nicht auf dem Balkan.«

Sinas Wangen färbten sich rosa. »Oh … – Ich dachte …« Sie rieb sich verlegen die Nase. »Entschuldige, Gabi.«

Das tat diese sogar sehr gern, denn durch den Dämpfer, den Sina soeben erfahren hatte, war sie nun viel gefügiger und offener für Gabrieles Wünsche. Sie setzten sich ins Hinterzimmer, tranken Kaffee und knusperten Erdnusskekse. Gabriele wiederholte ihre Bitte, die sie bereits am Telefon geäußert hatte.

Sina hob etwas ratlos die Schultern. »Ich kenne mich mit diesem Krieg nicht besonders gut aus und weiß nur, dass er schon viele, viele Hundert Tote gekostet hat. Auch ohne mich in die Materie zu vertiefen, kann ich dir sagen, dass du dir einen Badeurlaub in Split zurzeit besser verkneifen solltest. Und Ćevapčići isst du sicherer beim Balkangrill in der Bayreuther Straße.« Sina nippte am Kaffee und schlug vor: »Vielleicht erklärst du mir erst mal, worum es eigentlich geht?«

Gabriele erkannte ihr Versäumnis, das ihr in blinder Euphorie unterlaufen war, und erzählte Sina in aller Ausführlichkeit vom unerwarteten und gleichwohl vielversprechenden Besuch des Taxifahrers.

Sina hörte sich die ganze Geschichte geduldig und ohne Zwischenfragen an und stieß einen Pfiff aus.

»Wow!«, äußerte sie spontan. »Das klingt wirklich nach einem lohnenden Geschäft. Würde ein schönes Sümmchen in unsere klammen Kassen spülen. – Die Sache hat nur leider einige Haken.«

»Und die wären?«, fragte Gabriele und klang barscher, als sie wollte.

»Haken Nummer eins: Wie es aussieht, müssen wir nach Jugoslawien reisen, um an die Bilder zu gelangen. Und ich habe ja schon gesagt, dass …«

»… dass frau ihr Ćevapčići lieber in Deutschland essen soll«, vollendete Gabriele den Satz. »Und der zweite Haken?«

»Der zweite, dritte und vierte Haken ist derjenige, dass die ganze Angelegenheit völlig illegal ist, von Anfang bis Ende kriminell!«

Gabriele schluckte diesen Vorwurf wacker herunter und sagte mit gezügelter Ungeduld: »Das ist Auslegungssache. Es mag sein, dass sich während der Odyssee, die diese hochwertigen und schützenswerten Exponate der Kunstgeschichte überstehen mussten, andere die Hände schmutzig gemacht haben. Wir aber tun das nicht! Wir sind lediglich Händler, die die Vorgeschichte nicht unbedingt kennen müssen.«

»Aber, Gabi!« Hatte Sina bis eben noch eine Prise Humor in der Stimme gehabt, fehlte dieser nun völlig. »Du willst mit Verbrechern ins Geschäft kommen, womöglich sogar mit Kriegsverbrechern? Das ist absolut unredlich, ja, schändlich! Das ist kein großer Unterschied zu dem, was ich dir vorhin in Bezug auf den Gekreuzigten unterstellen wollte. Und komm mir ja nicht mit dem hehren Ziel, die Bilder uneigennützig retten und einem Museum übergeben zu wollen!«

Gabriele sah ihre Chance und griff diesen Gedanken auf: »Warum denn nicht? Ausschließen möchte ich diese Möglichkeit keinesfalls. Ein Museum könnte sogar ein sehr guter Abnehmer sein. Gegen eine gewisse Vermittlungsentschädigung, versteht sich.«

»Du bist und bleibst unmöglich«, meinte Sina und biss kräftig in einen Erdnusskeks. Sie brauchte eine Weile, bis sie bereit dafür war, eine weitere Frage an ihre ausgefuchste Freundin zu richten: »Was genau sind das für Bilder? Wenn sie so viel Geld einbringen sollen, wie du angedeutet hast, müssen ja bekannte Namen darunter sein.«

Gabriele schmunzelte zufrieden. Nun hatte Sina also doch angebissen. Jetzt galt es, die Angel anzuziehen und ihr Opfer nicht mehr vom Haken zu lassen.

3

Sie entschied sich für eine Baumwollbluse und einen marineblauen mittellangen Rock. Bluse und Rock saßen weit genug, um ihre Taille zu verbergen, die sie für unerträglich dick hielt. Eine ungewöhnlich lange Zeit verbrachte sie vor dem Spiegel. Denn sie wollte demjenigen gefallen, der sie heute Abend zum Essen ausführen würde.

Er war ein Bekannter, dem sie vor einem Jahr das erste Mal begegnet war und der sich seither als hartnäckiger, jedoch niemals aufdringlicher Verehrer erwiesen hatte. Ihr erstes Zusammentreffen, eine polizeiliche Ermittlung, hatte noch unter keinen guten Vorzeichen gestanden. Doch die Sache von damals, die Affäre um die Nürnberger Hotelakademie, die als bürgerliche Fassade für eine groß angelegte Goldschieberei diente, war ausgestanden und ohne negative Folgen für sie geblieben.

»Ich muss noch einmal sagen, dass Sie heute Abend großartig aussehen!« Eduard Diehl, Chef der Nürnberger Kriminalpolizei, war Mitte 50. Er war mittelgroß, kräftig gebaut, hatte grau durchsetztes Haar und einen dicht gewachsenen Vollbart. Buschige Augenbrauen spannten sich über zwei dunkle, intelligent blitzende Augen. Er strahlte Gutmütigkeit aus, wirkte gleichzeitig aber auch entscheidungsfreudig und von einem großen Selbstbewusstsein und Durchsetzungsvermögen geprägt.

»Ach, hören Sie auf«, tat Gabriele sein Kompliment ab. Sie spürte, wie sie rot anlief. Sie hatte einfach nur versucht, das Beste aus sich zu machen, ihre eher dünnen Lippen voller wirken lassen und die Rundlichkeit ihrer Wangen mit Puder überspielt. Sie wusste, dass sie nicht hässlich war. Ihre großen Augen hatten eine schöne smaragdgrüne Farbe und ihr naturgelocktes Haar kam heute, da sie es mal nicht streng zurückgesteckt hatte, besonders vorteilhaft zur Geltung. Wenn sie nur ein paar Pfunde an Taille und Hüfte verlieren würde, wäre sie schon eher geneigt, Diehls Komplimenten Glauben zu schenken. Wie auch immer: Auf jeden Fall war es lange her, dass ihr jemand auf eine so charmante Weise den Hof gemacht hatte. Sie lächelte und stieß mit Diehl an. Der Abend nahm einen guten Anlauf.

So blieb es auch. Gabriele war von Diehls auf angenehme Art einnehmenden Wesen sehr angetan. Nur zu gern ließ sie sich auf ihn ein, hörte ihm zu und erzählte selbst einiges von sich und ihrem Leben, wenn auch nicht zu viel. Dabei ließen sie es sich schmecken und sprachen dem guten Wein zu. Nach einer halben Stunde wechselten sie zum Du.

Bald war Gabriele beschwipst und gleichzeitig voller kribbelnder Erregung. Das machte sie unsicher und zauberte kleinste Schweißperlen auf ihre Stirn.

Als sie ihre Handtasche von der Stuhllehne nahm, um nach einem Taschentuch zu suchen, entglitt sie ihr. Die Tasche fiel herunter, schnappte auf und verteilte ihren Inhalt über den Boden.

Sofort sprang Diehl, ganz Gentleman, auf und half ihr dabei, die Geldbörse, den Lippenstift, Kugelschreiber und Pillendöschen einzusammeln. Leider fiel ihr zu spät auf, dass auch eine kopierte Buchseite aus einem Kunstführer darunter war, die Diehl ebenfalls bemerkte und neugierig anhob. »Ich darf doch?«, fragte er und breitete das Blatt auf dem Tisch aus.

Gabriele zwang sich zu einem Lächeln. Was sollte sie denn anderes tun, als das Folgende einfach geschehen zu lassen? Wenn sie sich nicht verplapperte, würde der Kommissar keinen Verdacht schöpfen.

»Korrigiere mich, wenn ich Unrecht habe«, sagte Diehl, ohne den Blick von dem Bild zu lassen. »Wenn ich mich nicht täusche, ist das die Handschrift von Jean-Baptiste Siméon Chardin.« Nun sah er Gabriele fragend an. Ohne eine Spur von Misstrauen.

»Ja, Kompliment, du hast richtig getippt. Es ist eine Vorarbeit oder Studie zu seinem berühmten Werk ›Der Rochen‹ von 1726«, sagte sie und bemühte sich, unaufgeregt zu klingen.

»Der hängt im Louvre in Paris«, wusste Diehl. Gabriele nickte, worauf Diehl seine Konzentration wieder auf die Farbkopie richtete. Er beugte sich sehr nahe über das Werk und begann damit, Einzelheiten des Stilllebens zu beschreiben: »Eine Arbeitsplatte in einer Küche, ein wenig schmuddelig, gleichzeitig aber birgt es diverse Köstlichkeiten. Siehst du dort die Austern? Sie liegen scheinbar achtlos neben zwei ausgeweideten Fischen, aber ihre zarte perlmuttglänzende Farbe kehrt das Besondere heraus.«

Gabriele folgte Diehls Blick und fragte sich, ob er sein Kunstinteresse nur vorgab, um ihr zu schmeicheln, oder ob sich wahre Leidenschaft dahinter verbarg. Der Polizist Diehl, ein Wesensverwandter? Jedenfalls wollte sie sein Interesse nicht unkommentiert lassen und stieg darauf ein, indem sie den Philosophen Denis Diderot zitierte, der als Bewunderer von Chardins Werken galt: »Oh, Chardin! Du zerreibst kein Weiß, Rot oder Schwarz auf deiner Palette, sondern das eigentliche Wesen der Gegenstände. Mit der Spitze deines Pinsels fährst du in die Luft und in das Licht und bannst sie selbst auf die Leinwand.«

Diehl sah sie voll der Anerkennung an. Seine Augen leuchteten. Dann suchte er nach Worten, um das nächste bemerkenswerte Detail zu beschreiben. Er wählte das einzig lebende Geschöpf auf dem eigentümlich düsteren Gemälde: »Eine Katze, die lauert. Der Schwanz ist aufgestellt, und sie macht einen Buckel. Der Glanz ihrer Augen steht im Gegensatz zum glasigen Blick des Fisches. Sie beobachtet ihn und schickt sich an, sich auf ihn zu stürzen. Ob es ihr gelingt? Der Stapel Austern, auf dem sie ihr Gleichgewicht hält, wird wohl gleich zusammenstürzen und mit ihm die vom Maler so schön zu einer Pyramide aufgeschichteten Gegenstände.«

»Sehr sauber beobachtet«, lobte Gabriele ihn. »Nicht schlecht für einen Kunstlaien.«

»Saubere Beobachtung gehört auch in meinem Job dazu. Wenn ich einen Tatort inspiziere, gehe ich nicht wesentlich anders vor als bei der Analyse dieses Bildes.« Noch einmal widmete er sich dem Werk und meinte: »Die Speisen auf dem Tisch sehen appetitlich aus. Vor allem der Fisch wirkt fangfrisch. Der Rochen erscheint mir allerdings etwas Furcht einflößend.«

Gabriele freute sich über diese Feststellung, denn sie wusste: »Chardin soll dieses Bild sehr schnell gemalt haben, sodass er den frischen Rochen am nächsten Tag noch essen konnte.«

»Bemerkenswert. Ich bräuchte für ein Gemälde mit einer solchen Detailfülle eine Ewigkeit. Und selbst dann würde es nicht viel anders aussehen als eine Kinderzeichnung.«

Gabriele lächelte Diehl versonnen an. Ihr gefiel sein Humor. Es war angenehm, diesen freundlichen, gebildeten Brummbär an der Seite zu haben.

Doch dann besann sie sich auf ihre Pläne, ihre Mission und an die Tatsache, dass sie ihr Vertrauen in dieser Angelegenheit auf keinen Fall einem Polizisten schenken durfte. Sie steckte das Bild eilends weg und ging auf Distanz.

Zu Diehls sichtlichem Missfallen verlief der restliche Abend ziemlich unterkühlt.

4

»Was hältst du von Vladi? Was für ein Mensch ist er?«

»Schwer zu sagen, Kleines. Ich kenne ihn ja auch kaum besser als du. Er hat uns ein paar Mal chauffiert, ja, und da wirkte er recht sympathisch. Aber was er für ein Mensch ist? Keine Ahnung! Ich kann seine Einstellungen ganz schwer einschätzen. In dem kurzen Gespräch, das wir neulich führten, schwärmte er vom intakten Jugoslawien seiner Kindheit in den Grenzen vor 1989. Er scheint auch gegen die Gewalt zu sein, mit der der Vielvölkerstaat von seinen Landsleuten künstlich zusammengehalten werden soll. Dieser innere Zwiespalt sollte uns beiden eigentlich egal sein, denn wir wollen uns ja nicht in die Angelegenheiten seiner Heimat einmischen, sondern bloß ein Geschäft mit ihm und seinen Leuten abwickeln.«

Die beiden Frauen saßen wieder im Hinterzimmer von Gabrieles Laden, brüteten über zwei Bechern Kaffee und haderten mit sich und den Optionen, die ihnen blieben, wenn sie diese Sache durchziehen wollten. Da es mittlerweile galt, eine konkrete Entscheidung zu treffen: Vladi hatte sich gemeldet und um ein Treffen gebeten. Er deutete an, gewisse Unterlagen vorzeigen und bei dieser Gelegenheit Kontaktpersonen in seiner Heimat benennen zu können. Der von ihm vorgeschlagene Treffpunkt war eine Videothek im Stadtteil Gostenhof, wo er neben seinen Taxifahrten gelegentlich jobbte. Nicht die beste Gegend, wie Gabriele meinte.

»Und?« Sina sah ihre Freundin aus großen braunen Augen an. »Was tun wir? Gehen wir hin?«

Gabriele erwiderte ihren Blick, schüttelte dann ganz entschieden ihren Kopf, um gleich darauf mit einer heimtückischen Miene zu nicken.

»Was denn nun?«, fragte Sina entsprechend verwirrt. »Ja oder nein?«

»Ja *und* nein!«, sagte Gabriele und erklärte: »Wir werden Vladi wiedersehen. Doch ab jetzt spielen wir nach meinen Regeln: Ich habe keine Lust, mich in eine schmierige Videothek zu begeben. Ich lege einen anderen Treffpunkt fest. Der ist ebenso konspirativ, aber wesentlich niveauvoller.«

Wenn in diesen Tagen in Bayreuth der Vorhang für Lohengrin aufgezogen wurde, war auch das nahe Bamberg bereit, die Gäste der Nachbarstadt zu unterhalten. Denn zu deren beliebtesten Aktivitäten in der opernfreien Zeit gehörten Stippvisiten in die traumhaft schöne Weltkulturerbestadt. Besonders findig wussten das die ortsansässigen Antiquitätenhändler zu nutzen, die parallel zum akustischen Großereignis zur Augenweide luden: den Bamberger Kunst- und Antiquitätenwochen. Rund um die Karolinenstraße, mitten in der Altstadt, lagen die Geschäfte der

15 Teilnehmer in einem Umkreis von nur 500 Metern. Dorthin lockten sie durch das Glück der Wagner-Musik entspannte Kunstverständige: Konnte man doch im eigenen Laden weit mehr Bilder, Möbel und Objekte zeigen als in anonymen Messezellen und dabei demonstrieren, wo persönlicher Stil und individuelle Schwerpunkte zu Hause waren. Und der größte Heimvorteil entstand durch die Einbettung in die unvergleichliche Atmosphäre der alten Gassen am Fuß des Dombergs.

Gabrieles Ziel lag im Zentrum der elitären Antiquitäten-Show. Ihr alter Bekannter und erfolgreicher Mitbewerber Alfons Hümmer hatte sich über die Ankündigung ihres Besuchs gefreut und sich – ohne viele Fragen zu stellen – bereit erklärt, sie in seinen Räumlichkeiten für eine Weile allein und ungestört gewähren zu lassen. Hümmer spannte den Bogen weit. Angefangen mit Schneegemälden vom Kitzbühel-Maler Alfons Walde, die sich ein Stelldichein mit süddeutschem Klassizismus in Gestalt eines Aufsatzsekretärs gaben, den Mohrenfiguren und zarte Porträtmedaillons verzierten. Seine Galerie feierte bereits 40-jähriges Bestehen, und im Laufe der Zeit hatte sich Hümmer die eine oder andere Filiale gegönnt, über die er – in fränkischer Bescheidenheit – aber nicht viele Worte verlor.

Das Haupthaus, das Gabriele als idealen Treffpunkt mit Vladi ausgewählt hatte, beherbergte spätgotische Skulpturen, denen man im gotischen Kellergewölbe ein adäquates Ambiente geschaffen hatte. Sina bewunderte den Heiligen Bavo, der als Falkner im frechen kurzen Rock daherkam und dezent mit einem Preisschild über sage und schreibe 65.000 Mark ausgezeichnet war.

Während Sina angesichts dieser Summe beinahe schockiert war, nickte ihr Gabriele bloß jovial zu und verwies sie auf das eigentliche Highlight der Ausstellung: vier prachtvolle Szenen aus Leben, Sterben und Auferstehen Christi, gemalt um 1490 in der Landshuter Werkstatt des Sigmund Gleismüller. Ein Preisschild fehlte, jedoch deutete Gabriele die unglaubliche Summe von einer halben Million Mark an.

»Wenn wir einige von denen besäßen, könnten wir uns diesen Jugoslawien-Mist sparen«, flüsterte Sina.

»Besitzen wir aber nicht. Leider«, lautete die ebenso lapidare wie wahre Antwort ihrer Freundin.

Als Vladi die abgetretenen Stufen in den Keller hinunterkam, mit schlurfenden Schritten und ungezwungenem Lächeln auf den Lippen, war ihm nicht anzumerken, dass ihn der Wechsel des Treffpunkts eventuell gestört haben könnte. Im Gegenteil! Voller Inbrunst und geradezu dankbar für Gabrieles Vorschlag schilderte er den Frauen, dass er mit seinem Taxi viel zu früh in Bamberg angekommen sei und die Zeit für einen lohnenden Stadtbummel genutzt habe: »Ich konnte mich kaum vom Blick auf den Fluss und die buckligen Häuser an den Ufern losreißen, und das Tor im Alten Brückenrathaus ist echt stark.

Dann kam ich noch bei einer Silberschmiede vorbei, wo sie gerade dabei sind, eine Kopie der Krone Kaiser Heinrichs II. zu basteln. Echt cool, diese Fingerfertigkeit.« Vladi sah Gabriele und Sina erwartungsfroh an, als er andeutete: »Dieser Heinrich spielt in der Bamberger Geschichte keine unbedeutende Rolle, wie ich mir habe sagen lassen.«

Gabriele fasste diese Bemerkung als Test auf und ging selbstbewusst darauf ein: »Heinrich II. hat 1007 das Bistum Bamberg gegründet. Ich bin ein Fan der Geschichte, vor allem der fränkischen – aber im Augenblick interessiert mich die Gegenwart mehr: Wie sieht unser Plan aus? Was hast du uns mitgebracht, Vladi?«

Vladi ließ seine Hand in seiner abgetragenen Lederjacke verschwinden und holte einen großformatigen Umschlag hervor. Er schaute sich in dem Gewölbe um und vergewisserte sich, dass sie unter sich waren. Dann öffnete er das Kuvert und zog eine Mappe mit Klarsichthüllen heraus. Sie enthielt Dossiers und Ausschnitte von Landkarten. »Hier drin ist alles enthalten, was ihr wissen müsst.« Er deutete auf die topografische Darstellung einer bosnischen Region in unmittelbarer Grenznähe zum serbischen Kernstaat. »Der Treffpunkt liegt genau hier bei der roten Markierung. Für euren Transfer vom Flughafen in Belgrad ist gesorgt. Bei eurem ersten Kontakt kommt ihr mit diesen beiden Mittelsmännern zusammen.« Nun zog er zwei der Dossiers heraus, die Namen, einige dürftige biografische Daten sowie zwei schlecht kopierte Passbilder enthielten. Gabriele las die Namen Miroslav Bogdanović und Dragan Selimović und erkannte auf den Fotos zwei grimmig blickende Männer, die wenig vertrauenserweckend wirkten.

Vladi, der ihre Skepsis offenbar spürte, ließ seinen Charme sprühen: »Keine Sorge, Mädels, die sind längst nicht so übel, wie sie aussehen. Dragan ist ein Vetter von mir und Miroslav ist die Sanftmut in Person.« Er lächelte schelmisch. »Für den Fall, dass ihr immer noch Bedenken habt, stößt Yelina dazu.« Er unterbreitete ihnen ein weiteres Dossier. Diesmal war eine junge Frau mit langen, rötlich blonden Haaren abgebildet. »Die Schwester eines guten Freundes. Ein aufgewecktes Kind. Sie spricht fließend deutsch und wird für euch übersetzen.«

Gabi betrachtete das Foto der jungen Frau eingehend. Dann sah sie auch die anderen Dossiers noch einmal, diesmal wohlwollender an. Sie kam zu dem Schluss, dass der erste Eindruck womöglich von Vorurteilen geprägt und falsch war. Ja, dachte sie, während sie sich die rudimentären Erläuterungen über ihre Kontaktpersonen durchlas, bei näherer Betrachtung wirkte das Trio gar nicht mal so unsympathisch. Die Männer zwar etwas robust und das Mädchen eine Spur zu kokett, aber ansonsten konnte man nicht wirklich etwas aussetzen. Nicht zu vergessen, dass Vladi ja quasi für sie bürgte.

Auch Sina befasste sich eingehend mit den zweifelhaften Dokumenten, die ihr vor die Nase gehalten wurden, kam jedoch zu einem anderen Schluss: Die abgebildeten Personen waren ihr von Grund auf zuwider: eine falsche Schlange mit nuttigem Make-up, flankiert von zwei südländischen Gangstern, wie sie im Buche standen. Finstere Gestalten, denen sie nicht im Dunkeln begegnen wollte und schon gar nicht mitten in einem Kriegsgebiet in Jugoslawien. Sie schüttelte es bei der Vorstellung, sich diesen dubiosen Figuren anvertrauen zu müssen.

»Wie genau soll der Deal ablaufen?«, erkundigte sich Gabriele mit geschäftsmäßigem Ton. »Du erwartest von uns hoffentlich nicht, dass wir mit einem Koffer voller Geld dort unten aufkreuzen.«

Vladi verlor das ewige Lächeln aus seinem Gesicht und sah Gabriele bestürzt an: »Doch, natürlich! Nur Bares ist Wahres.« Kurz darauf entlarvte er seine Entrüstung als Scherz, denn lachend stellte er richtig: »Niemand erwartet von euch, dass ihr schon beim ersten Mal etwas zahlt. Das Ganze läuft folgendermaßen ab: Ihr reist an den vereinbarten Treffpunkt, kommt mit Yelina und den Jungs zusammen, dürft sämtliche zum Verkauf stehenden Werke in Augenschein nehmen und sogar eines mit nach Hause nehmen. Wir werden es rahmenlos ins Futteral eines Koffers einnähen, damit ihr bei der Rückreise keine Probleme mit dem deutschen Zoll bekommt. Daheim könnt ihr es in aller Ruhe untersuchen und die Echtheit überprüfen. Erst später kommt das Geld ins Spiel, und auch nur, wenn ihr von der Sache absolut überzeugt seid.« Er strahlte sie an: »Na, wie klingt das? Deal?« Er streckte seine rechte Hand aus.

»Deal!«, rief Gabriele euphorisch und schlug ein.

»Kein Deal!«, meinte dagegen Sina. Demonstrativ trennte sie die Hände von Vladi und ihrer Freundin. »Das ist doch eine völlig windige Angelegenheit! Mensch, Gabi, wo bleibt dein gesunder Menschenverstand?«

Vladi schaute sie enttäuscht, Gabriele gereizt an. Streng sagte sie: »Was uns Vladi vorschlägt, ist ein äußerst faires Geschäft. Wir gehen keinerlei Risiko ein, können jederzeit aussteigen und bekommen sogar ein Muster, das wir untersuchen dürfen. Was will man mehr, Kleines?«

»Nenn mich nicht Kleines. Schon gar nicht vor einem Fremden«, ereiferte sich die Jüngere.

»Vladi ist kein Fremder.« Gabi bemühte sich darum, in Vladis Gegenwart freundlich und besonnen aufzutreten. Schließlich stritt man sich nicht vor Geschäftspartnern. »Er ist ein …«

Weiter kam sie nicht, denn Sina unterbrach: »Ein Taxifahrer, der uns ab und zu von A nach B chauffiert hat und der nett plaudern kann. Ansonsten wissen wir nichts von ihm. Überhaupt nichts!«

»Das können wir nachholen. Wir haben ab jetzt die Gelegenheit, Vladi näher kennenzulernen. Ich bin sicher, dass wir dabei keine bösen Überraschungen erleben werden.«

»Weil du keine bösen Überraschungen erleben *willst*, Gabi! Ich sehe doch schon wieder die Dollarzeichen in deinen Augen. Du hast einzig und allein diesen Deal im Sinn und scherst dich nicht um mögliche Gefahren oder Hinterhalte.«

»Hinterhalte? Ist das nicht etwas übertrieben?« Der Einwand kam von Vladi, der auf Abstand gegangen war und etwas verloren zwischen zwei hüfthohen Skulpturen stand. »Wir wollen doch nur etwas verkaufen.«

»Dann biete deine Sachen offiziell und mit Mehrwertsteuer an. Ich habe keine Lust, wegen Hehlerei und Steuerhinterziehung in den Knast zu wandern«, machte Sina ihrem Unmut Luft. »Vor allen Dingen habe ich absolut keinen Bock auf diesen Trip nach Jugoslawien.«

»Aber Sinalein, sei nicht so bockig«, sagte Gabriele mit aufgesetzter Sanftmut. »Betrachte es als Urlaubsreise …«

»… die mit einer Kugel im Kopf endet? Nein, danke!«

»Jetzt wirst du kindisch.«

»Lieber kindisch als tot.«

»Es ist nur ein Geschäft, Sina. Wir sind nicht die einzigen, die aus den besonderen Bedingungen, die in Krisengebieten herrschen, Kapital schlagen wollen. Da mischen auch die Big Player der Branche mit.

Wir können froh sein, wenn mal wir Kleinen vorgezogen werden und für unsereins nicht nur die Brosamen übrig bleiben.«

»Ein Geschäft, sagst du? Dann sollte es auf einer soliden Basis stehen. Dieses Geschäft hat für meinen Geschmack viel zu viele unsichere Variablen. Ich traue weder unseren Geschäftspartnern noch den Umständen, unter denen dieses Geschäft abgewickelt werden soll.«

Gabriele konnte sich nicht länger beherrschen. Sie trat Sina auf den Fuß. Nicht allzu fest, aber so, dass sie es spüren musste. Eindringlich sagte sie: »Ich bin diejenige, der der Laden gehört. Deswegen bestimme ich auch, wo es langgeht.«

»Aber ich bin nicht deine Angestellte. Und deswegen kannst du mich mal kreuzweise.«

Das war zu viel. Gabriele wusste nicht, wie sie der sturen Verweigerungshaltung ihrer Freundin noch Herr werden konnte. Ebenso wenig wusste sie, wie sie eine Aktion wie diese ohne die Findigkeit und die technische Finesse Sinas ausführen sollte. Die bittere Wahrheit hieß: entweder mit Sina oder gar nicht.

Mit hängenden Schultern wandte Gabriele sich dem still im Hintergrund wartenden Vladi zu. »Du hörst selbst. Es sieht schlecht aus mit unserer Tour in deine Heimat.«

»Vielleicht habe ich euch ein wenig überrumpelt«, mutmaßte Vladi mit wenig glücklichem Ausdruck.

»Ihr könnt ja mal alles sacken lassen und es euch in aller Ruhe überlegen.«

»Da gibt es nichts zu überlegen«, sagte Sina entschieden. »Ich mache nicht mit. Dabei bleibt's.«

»Dann vielleicht die Chefin allein …«, setzte Vladi wenig überzeugend an.

»Nein.« Gabriele schüttelte traurig den Kopf. Daraufhin sagte sie etwas, das Sina gerade in dieser Situation sehr freute: »Weißt du, Vladi, Sina und ich bilden ein Team. Entweder wir steigen gemeinsam ein, oder wir lassen es bleiben. So läuft es und nicht anders.«

»Ja, wenn das so ist …« Vladi machte einen gequälten Eindruck. »Ich kann dieses Angebot natürlich nicht unbegrenzt aufrechterhalten. Es gibt andere Händler, die sich die Finger danach lecken würden.«

»Dann nimm die anderen Händler«, ließ sich Sina nicht von ihrem Entschluss abbringen.

Zwischen Vladi und den Frauen ging es noch eine Weile hin und her, bis sich ihre Wege trennten.

Gabriele fühlte sich mies. Wie eine Verliererin. Sie hatte es bildlich vor Augen, wie ihr die entgangenen Geldscheine durch die Finger glitten.

Sina war trotz ihres vermeintlichen Erfolges gegenüber Gabi ebenso unwohl zumute. Sie war ihrer Freundin ordentlich in die Parade gefahren und hatte sich dagegen gewehrt, erneut gegen ihren Willen eingespannt zu werden und sich unabsehbaren Gefahren auszusetzen. Aber war ihre Reaktion wirklich angebracht gewesen? War Vladi nicht doch bloß ein harmloser Pendler zwischen den Welten, der versuchte, das Beste für sich und seine Freunde in einer vom Krieg in Mitleidenschaft gezogenen Heimat herauszuholen?

5

Mehr oder weniger wortlos fuhren sie über den Frankenschnellweg zurück nach Nürnberg. Erst als sie die Stadtgrenze passierten, wurde Gabriele mitteilsamer: »Soll ich dich zu Hause absetzen oder kommst du noch mit auf einen Schlummertrunk zu mir?«

»Wieso Schlummertrunk? Es ist doch noch gar nicht so spät?«, wunderte sich Sina.

»Aber wenn wir mit unserer Aussprache fertig sind, wird es spät sein.«

Bei einer Flasche Portwein und gewürfeltem Gouda setzten sie sich in Gabrieles Wohnung zusammen, doch ihr Krach ging munter weiter. Wie es Sina nicht anders erwartet hatte, ging es Gabriele in erster Linie tatsächlich nur ums Geld: »Ist dir in deiner kaufmännischen Unbefangenheit und Naivität überhaupt nicht aufgefallen, dass wir Vladi und Konsorten über den Tisch ziehen könnten? Ich habe mir die Lebensläufe der Mittelsleute durchgelesen. Die haben allesamt keinerlei Ahnung vom wirklichen Wert der Gemälde. Wir könnten sie mit Almosen abspeisen und einen Riesengewinn einfahren. Das sind Laien, Sina! Blutige Anfänger!«

»Gutes Stichwort«, konterte Sina. »Denn ich glaube, wir beiden würden uns eine blutige Nase holen, wenn wir darauf eingestiegen wären. – Aber lass uns diesen Streit nicht weiter in die Länge ziehen.«

Das hatte Gabriele auch nicht vor. Im Gegenteil: Jetzt würde sie sich der beruhigenden Wirkung des Alkohols hingeben und den Verlust tapfer verschmerzen. Sie musste einsehen, dass sie in diesem Spiel ohne Sina keine guten Karten haben würde. Aber wie hieß es doch so schön: Pech im Spiel, Glück in der Liebe. Bei diesem Gedanken kam ihr Eduard Diehl in den Sinn, ihre neue Flamme.

»Was guckst du denn mit einem Mal so verträumt?«, wollte Sina gern wissen.

»Ach.« Gabriele schreckte auf. »Das ist dir aufgefallen?«

»Na klar. Ich sehe doch, wenn meine Freundin etwas bewegt. Ist es etwa immer noch dieser olle Kommissar?« Sina kicherte.

»Mach dich nicht lustig! Er ist topfit für seinen Jahrgang. Und, ja, ich habe wirklich etwas für ihn übrig.«

Gabriele beugte sich über den Tisch und kam Sina sehr nahe, als sie fragte. »Findest du das albern, wenn ich mich in meinem Alter an einen Mann ranschmeiße?«

»Überhaupt nicht! Erstens bist du nicht alt, und wenn, wäre das auch egal. Hauptsache, du verspürst noch das verräterische Herzklopfen, wenn du deinen Liebling triffst oder an ihn denkst. Das ist es, was zählt! Die Lebensjahre sind zweitrangig.«

»Meinst du, dass es mit Eduard etwas werden könnte?« Gabriele war sich unsicher. Immerhin lag ihre letzte Affäre mit einem – noch dazu verheirateten – Mann mehr als zehn Jahre zurück.

»Ja! Unbedingt! Wenn du es willst, wird es eine wunderbare Erfahrung werden. Vielleicht entwickelt sich daraus sogar eine feste Partnerschaft.«

»Wie deine mit Klaus«, sagte Gabriele viel zu voreilig und bereute es im selben Moment.

Sina zuckte zusammen. »Ich hoffe, bei dir läuft es besser«, sagte sie ernst.

»Wie geht's ihm denn so? Was macht er?«, beeilte sich Gabriele zu fragen, um ihren Lapsus zu überspielen.

»Aus dem Knast ist er raus. Man konnte ihm keine Zugehörigkeit zu einer verbrecherischen Gruppierung nachweisen. Aber unser Kontakt liegt seitdem – wie du weißt – auf Eis. Ich kann dir deine Fragen also nicht beantworten.«

»Ja, ja, ich dachte nur. Hätte ja sein können, dass er sich mal gemeldet hat.«

»Nein. Hat er nicht. Und ich bin froh darüber. Die Ära Klaus ist ein für allemal abgeschlossen.«

Bei der Aufarbeitung ihrer Liebesbeziehungen gingen die Frauen gerade in die Tiefe, als sie durch das Klingeln des Telefons gestört wurden. Es war Vladi. Er hatte zu seiner ungezwungenen Selbstsicherheit zurückgefunden und verkündete voller Optimismus, dass der Auftakt des geplanten Deals vorerst auch ohne eine Jugoslawienreise stattfinden könnte. Ein erster Kontakt sei in Deutschland möglich. Ob die Frauen noch Interesse hätten?

Abermals tendierte Gabriele dazu, sofort und spontan zuzusagen. Doch es gelang ihr, sich zu beherrschen. Sie bat Vladi um etwas Geduld, legte die Hand auf die Sprechmuschel und schilderte Sina die veränderte Sachlage.

Diese lauschte aufmerksam, nickte verhalten und signalisierte damit vorsichtig ihre Zustimmung. Nach wie vor wurde sie von Zweifeln geplagt. Aber für Gabriele reichte ihr Nicken aus, um Vladi grünes Licht zu geben: »Bei einem Treffen in Deutschland sind wir auf alle Fälle dabei!«, posaunte sie hinaus. Anschließend hörte sie sich an, wie Vladis neuer Vorschlag konkret aussah. Mit einem wohligen Lächeln legte sie auf.

Sina goss sich den letzten Schluck aus der Portweinflasche ein, als sie – sich dem Schicksal ergebend – fragte: »Und?«

Gabriele wirkte sehr zufrieden. »Er hat noch mal

mit seinem Chef gesprochen, der uns beide unbedingt mit im Boot haben will.«

»Ich bin davon ausgegangen, dass Vladi selbst der Chef ist. Zumindest derjenige, der die Sache für seine Partner in Jugoslawien schaukelt.«

»Nein, Vladi ist wohl bloß ein Handlanger. Der eigentliche Drahtzieher wollte wohl lieber im Hintergrund bleiben. Aber nun muss er aus seiner Deckung kommen, um uns persönlich zu überzeugen.«

»Wo steckt denn der Big Boss? Nicht in Belgrad?«

»Nein, in Nürnberg. Er ist kein Jugoslawe, hat aber offenbar gute Beziehungen ins Ausland.«

»Warum holt er die Bilder dann nicht selbst und verhökert sie auf eigene Kappe?«

»Wahrscheinlich, weil das nicht sein vertrautes Geschäftsfeld ist und ihm die notwendigen Kontakte meiner Branche fehlen.« Gabriele zwinkerte ihrer Freundin zu. »Aber frag ihn doch selbst. Wir können ihn morgen Nachmittag treffen. Mitten in der Stadt, unter Menschen. Da kann nichts passieren.«

Sina ließ die Informationen auf sich wirken, suchte nach dem Haken an der Sache, fand ihn jedoch nicht. Seufzend hob sie ihr inzwischen leeres Glas und ließ es gegen das von Gabriele klirren. »Na, dann: Ein Prosit auf unseren neuen Job!«

6

Er war groß, gut aussehend und im besten Alter. Das Idealbild des begehrten Junggesellen. Dass ihn die Floristin, von der er sich einen Strauß roter Rosen binden ließ, mit Blicken verschlang, wunderte ihn nicht. Er wusste um seine Wirkung auf Frauen und nutzte sie aus, sobald sich ihm eine Gelegenheit dazu bot.

Auch diesmal überlegte er, ob er flirten sollte, denn das schmachtende Gesicht der nicht mehr ganz so jungen Blumenbinderin ließ darauf schließen, dass er sich bei ihr mehr ausrechnen konnte.

Aber er bremste sich selbst. Denn die Rosen, in die er immerhin 30 Mark investierte, waren für Sina bestimmt. Ihr wollte er sie schenken, ihr eine Freude bereiten und sich einzig und allein ihr widmen. Oder besser gesagt: hingeben.

Klaus war fest entschlossen, seine alte und derzeit leider erkaltete Liebe zu Sina aufzuwärmen, ja, erneut zum Glühen zu bringen. Er sehnte sich nach ihr wie nach keiner anderen Frau. Klaus war beileibe keine treue Seele und würde es nie werden, doch er kehrte immer wieder zu seiner langjährigen Beziehung zurück. In gewisser Weise war er in Sina verliebt. Dies sollte kein bewusst gefasster, kühl kalkulierter Beschluss sein, sondern wurde ihm von seinen Gefühlen diktiert. Klaus war von seinen starken Emotionen, die Sina in ihm auslösen konnte, jedes Mal aufs Neue ergriffen. Diese Wirkung auf ihn erwies sich als dermaßen nachhaltig, dass er sogar bereit war, notfalls um seine große Liebe zu kämpfen.

Nun ja, vielleicht nicht im wahrsten Sinne des Wortes und ganz bestimmt nicht mit den Fäusten. Aber sein Engagement reichte immerhin für den Gang in einen Blumenladen aus. Das bedeutete für seine Verhältnisse schon ein großes Opfer.

Während der Rosenstrauß vor seinen Augen Gestalt annahm, prächtig und überwältigend, malte er sich die beabsichtigte Wirkung auf Sina aus: Sie würde ihn zunächst kühl und abweisend empfangen. Nicht verwunderlich, denn ihre letzte Begegnung vor einem Jahr hatte unter keinem guten Stern gestanden. Dann saß er in der U-Haft fest, konnte nichts tun. Nach den sechs Wochen im Knast musste er sich austoben und das Versäumte nachholen. Er wilderte in Discos, machte Beute im Nürnberger Mach 1 ebenso wie im Erlanger Gossip. Er schleppte eine Krankenschwester ab. Die war nett, legte jedoch depressive Tendenzen an den Tag. Er wechselte zu einer Schwarzafrikanerin, die mit einem reichen Bäckereikettenbesitzer liiert war. Eine Granate im Bett, aber ihr Mann machte schon am zweiten Tag Schwierigkeiten. Es folgtc eine Brasilianerin, die Samba tanzen konnte und ihr Becken auch sonst virtuos einzusetzen vermochte. Allerdings erwies sie sich als extrem eifersüchtig, was ihn ebenso extrem nervte. Nach dem Intermezzo mit einer Ossifrau, die es unbedingt einmal mit einem Wessi treiben wollte, was sie zur Freude der Nachbarn spät abends auf seinem Balkon vollzogen, besann er sich während des anschließenden Frühstücksplauschs mit starkem sächsischen Akzent der Vorzüge seiner Sina. Es war an der Zeit, sich endlich wieder bei ihr zu melden. Und er war sicher, dass sie beim Anblick der Rosen weich werden würde.

»Gefällt er Ihnen? Möchten Sie Papier oder Folie?«

Die Floristin riss ihn aus seinen Erinnerungen, als sie ihm den fertigen Strauß entgegenhielt. Er entschied sich für Papier, denn Folie hätte einen Aufpreis gekostet, und zahlte. Als er die Geldscheine überreichte, drückte er sanft die Hand des Blumenmädchens und formte seine Lippen zu einem angedeuteten Kuss. So hielt er sie sich warm. Nur für den Fall, dass bei Sina wider Erwarten nichts laufen sollte.

Er verließ das Geschäft und ging schnurstracks in Richtung seiner Wohnung in der Humboldtstraße. Es gab ja noch viel zu tun: Er musste sich in Schale werfen, den passenden Duft auswählen. Außerdem würde er sich von seinem Dreitagebart trennen, denn Sina mochte es nicht, wenn seine Stoppeln ihr zwischen den Oberschenkeln kratzten. Sicherheitshalber würde er auch eine Packung Kondome einstecken. Nur für den Fall, dass sie die Pille aus unerfindlichen Gründen abgesetzt haben sollte.

Er nahm den Heimweg wie ferngelenkt, denn in

Gedanken war er bereits viel weiter. Vor seinem geistigen Auge zeichnete sich Sinas Körper ab, ihre kleinen festen Brüste, der knackige Hintern, ihre süßen …

Am Rande des Aufseßplatzes fasste ihn jemand an die Schulter. Abrupt wurde Klaus gestoppt. Verdattert schaute er sich um. Er sah einen muskulösen Oberkörper in einem karierten Hemd und darauf einen Kopf. Oder vielmehr einen feisten Dickschädel. Es war ein rundes Gesicht mit pockennarbiger Haut und kurz geschorenem roten Haar.

Klaus kannte das Gesicht und die Person, zu der es gehörte. Ihm stockte der Atem, als er in die wässrigen grünblauen Augen des Mannes sah, dessen Namen ihm nicht geläufig war, der sich in seinen Erinnerungen aber unauslöschlich als irischer Bauer eingebrannt hatte.

Der Hüne mit dem eisernen Griff fungierte als Mann fürs Grobe in einer Söldnertruppe, die ihm, Sina und Gabriele mehr als einmal die Hölle auf Erden bereitet hatte. Klaus war bis eben davon ausgegangen, dass diese Truppe zerschlagen und die Gefahr damit ein für allemal gebannt war. Doch nun stand ausgerechnet der übelste Bursche direkt vor ihm und hielt ihn fest. Wie Schraubstöcke schlossen sich die wulstigen Finger um seine Schultern.

»Aua«, sagte Klaus und merkte selbst, wie hilflos und naiv das klang. Er schaute sich um. Überall waren Leute auf dem Platz. Einige kamen aus der nahen U-Bahn-Station, andere aus umliegenden Geschäften. Kinder spielten Ball und tollten mit einem Hund herum. Klaus hatte keine Vorstellung von dem, was passieren würde. Aber es konnte nichts Schlimmes sein, denn sie befanden sich ja mitten in der Öffentlichkeit. Was auch immer der irische Bauer von ihm wollte – es handelte sich um ein harmloses Aufeinandertreffen. Vielleicht der Versuch einer Kontaktaufnahme, um – ja, worum?

Der große, starke Mann atmete schwer, als er Klaus' Hals in die Beuge zwischen seinem Unter- und Oberarm nahm und langsam zudrückte. Klaus war nicht klar, wozu das dienen sollte. Wollte ihn der irische Bauer gefügig machen, damit er ihm folgte? Um mit ihm in ein Auto zu steigen, das um die Ecke parkte? Aber wozu musste er ihn in den Schwitzkasten nehmen? Klaus würde ihm doch auch so folgen.

Der Schraubstock um seinen Hals zog weiter an. Klaus machte einen halbherzigen Versuch, sich zu wehren. Um nach Hilfe zu schreien, war es bereits zu spät: Seine Kehle war wie zugeschnürt. Er merkte, wie die Blutzufuhr zu seinem Kopf ins Stocken geriet.

Allmählich, ganz langsam, verschwommen seine Gedanken. Er verlor die Kontrolle über seine Gliedmaßen. Seine Beine gaben nach, doch der Ire hielt ihn in der Senkrechten. Dann lösten sich Klaus' Finger von den Blumen. Wie in Zeitlupe fiel der Strauß zu Boden. Das Papier platzte auf. Die Rosen befreiten sich aus ihrem Verbund und verteilten sich über das Pflaster.

Sie waren das Letzte, was Klaus wahrnahm, bevor die ewige Dunkelheit von ihm Besitz ergriff.

7

Treffpunkt war das Lorenzer Wetterhäuschen im Schatten der Sebalduskirche, umgeben von Marktständen. Gabriele und Sina standen auf dem Kopfsteinpflaster unmittelbar vor dem gedrungenen Türmchen, beide etwas nervös. Wie mochte Vladis Chef aussehen? Würden sie ihn erkennen oder würde er sie erkennen?

Zahllose Passanten strömten an ihnen vorbei. Junge Pärchen und Rentner, eine Kindergartengruppe und die Mitglieder eines peruanischen Panflötentrios. Ab und zu blieb jemand stehen, schaute sich um, fand seine Verabredung und ging weiter. Denn das Wetterhäuschen galt als beliebter Sammelpunkt, von vielen genutzt.

Es war bereits 20 Minuten über der Zeit, als ein mittelgroßer, dicklicher Herr auf sie zutrat. Er trug eine beige Hose, ein dazu passendes Hemd und eine kakifarbene Weste. Sein Gesicht war rund und wurde von einer Brille mit starken Gläsern und stabilem Rahmen dominiert. Unter einer ausgewaschenen Baseballkappe lugten grau durchsetzte Haare hervor.

»Spencer Jacobson«, stellte sich der Mann ihnen vor und legte zum Gruß seine Hand an sein Käppi. Mit unüberhörbarem amerikanischen Akzent sagte er: »Vladi meint, ich soll mal selbst mit euch sprechen. Ihr seid ziemlich misstrauisch, ja? Schon mal schlechte Erfahrungen gemacht? Well, dann will ich euch mal die Angst nehmen. Geschäfte mit Good-old-Spencer zu machen, hat noch niemandem geschadet.« Er machte Anstalten zu gehen, worauf sich auch die Frauen in Bewegung setzten.

Spencer schlenderte die Königstraße in Richtung Hauptbahnhof entlang und plauderte mit freundlich warmer Stimme weiter: »Dass Sie Vorbehalte haben, kann ich nachvollziehen. Vladi ist ein netter Kerl, aber hat Ihnen das Unternehmen wohl etwas salopp vorgestellt. Well, lassen Sie mich einen neuen Versuch unternehmen, um Sie für meine Sache zu begeistern. Fangen wir einfach noch mal ganz von vorn an. Ich werde Ihnen erzählen, wer ich bin und was ich so treibe. Danach kommen wir auf die Ware zu sprechen und die Wege, wie Sie da rankommen.«

Gabriele und Sina hatten nichts dagegen einzuwenden. Und so hörten sie ihrem Begleiter stumm zu, während sie die Königstraße mit ihren mehrstöckigen Geschäftshäusern, Lokalen, Bäckereien und Bratwurstbuden sehr langsam entlangbummelten.

Spencer berichtete, dass er in den 70er-Jahren als GI der US Army nach Nürnberg gekommen und lange Jahre in den Merrell Barracks an der Frankenstraße stationiert war. Im Hauptberuf bei der kämpfenden Truppe wandelte er sich nebenbei bald zum inoffiziellen Versorgungsoffizier seiner Einheit. Denn durch beste Beziehungen zu diversen Fräuleins und Schwarzmarktkreisen gelangte er an all die begehrten Dinge, die dem gemeinen Soldaten normalerweise nicht zustanden.

»Ich habe eigentlich alles verkauft, was ich kriegen konnte«, gestand Spencer freimütig ein, »aber um harte Drogen habe ich einen großen Bogen gemacht. Kein Heroin, nur Alkohol, Zigaretten, hin und wieder Hasch, ja, so etwas konnte man bei mir bekommen. Well, auch Autos und natürlich Girls, die sich von mir vermitteln ließen.« Vor ein paar Jahren sei er dann aus dem aktiven Dienst ausgeschieden, jedoch in Deutschland geblieben. »Viele Amerikaner träumen von Bavaria, ich aber lebe diesen Traum«, sagte er stolz. Mittlerweile habe er seine Geschäfte ausgeweitet und sogar im Immobilienmarkt Fuß gefasst. Aber am liebsten seien ihm nach wie vor »die Geschäfte, die es eigentlich nicht geben dürfte«. Er schmunzelte verschwörerisch.

Dann hob er plötzlich seinen Arm und deutete nach rechts: »Da, sehen Sie, die Luitpoldstraße: Das war lange Zeit mein zweites Zuhause. In den ehemaligen Luitpold-Stuben haben wir GIs die willigsten Fräuleins kennengelernt. Und auch im Flying Dutchman ging's immer gut zur Sache.«

Sie waren kurz vor dem Hauptbahnhof, als sich Spencers Miene verfinsterte: »Hier war früher das Twenty Five, ein netter Tanzschuppen, hauptsächlich von schwarzen GIs besucht. Im Sommer 1982 richtete ein Neonazi ein Blutbad an und tötete einige Kameraden. Da war der Krieg für eine kurze Zeit nach Nürnberg zurückgekehrt.«

»Sie waren also Angehöriger der US Army«, hakte Sina noch einmal nach. »Was hatten Sie denn für einen Dienstgrad und wofür waren Sie offiziell zuständig?«

Spencer freute sich offenbar über Sinas Interesse und holte aus: »Well, meine Basis waren – wie gesagt – die Merrell Barracks. Die frühere SS-Kaserne diente ja ab 1952 als Hauptquartier des Second Armored Cavalry Regiments, also auf Deutsch Panzeraufklärungsregiment. Von Merrell, dem Namensgeber, heißt es, er habe bei der Invasion im Alleingang 23 deutsche Soldaten getötet, ehe er selbst zu Tode kam.« Spencer selbst bekleidete den Rang eines First Lieutenant, verantwortlich für taktische Ausbildung und Manöverorganisation. Sein Hauptaugenmerk lag aber von Beginn an auf den Versorgungswegen der Kaserne:

»Wir hatten ein eigenes Einkaufszentrum mit US-Waren, eine Snackbar, Kantine, Kino und ein Postamt. Doch das Angebot war eingeschränkt und ließ sehr zu wünschen übrig, weshalb ich mich in der Pflicht sah, es im Sinne meiner Kameraden etwas aufzumöbeln.«

»Also gut«, meinte Sina, die sich mehr Aufschluss über seine militärischen Aktivitäten erhofft hatte. »Aber nun sind Ihre Kameraden ja alle weg. Sie sind der letzte Mohikaner, was?«

Wehmut schwang in Spencers Stimme, als er sagte: »Das Zweite Panzeraufklärungsregiment ist schon im Herbst 1990 an den Persischen Golf verlegt worden. Vor einem knappen Jahr, am 15. September 1992, holten meine Kameraden zum letzten Mal auf dem Hof der Barracks die Fahne mit den Stars and Stripes ein. Ich gehöre zwar schon eine Weile nicht mehr zu dem Verein, aber das war kein leichter Moment für mich, das könnt ihr mir glauben.« Mit bitterem Unterton fügte er hinzu: »Wenn demnächst Al Gore nach Nürnberg kommt, wird es für lange Zeit der letzte offizielle Besuch eines hochrangigen Amerikaners sein, darauf können Sie Gift nehmen.«

Sina begann, für diesen von seinen Kameraden vergessenen Cowboy Sympathie zu entwickeln. Gern hätte sie mehr erfahren über seine Zeit als GI in Nürnberg und die Einstellung der Amerikaner gegenüber den Deutschen im Allgemeinen und den Franken im Besonderen.

Gabriele jedoch verlor keine Sekunde den eigentlichen Grund aus den Augen, der sie mit Spencer zusammengeführt hatte: »Ihre Kommiss-Nostalgie in Ehren – aber was können Sie uns denn nun anbieten? Wie stellen Sie sich das Geschäft vor, das Sie mit uns abschließen wollen? Nach Jugoslawien reisen wir jedenfalls nicht, das steht fest.«

Spencer sah sie für einen Moment verblüfft an. Dann lachte er rau und herzlich. »Sie sind ein echtes Revolverweib, was? Sie wollen endlich zur Sache kommen? Aber gern, Schätzchen!«

Gabriele warf ihm einen giftigen Blick zu, worauf Spencer eine entschuldigende Geste machte und die beiden Frauen in eine wenig belebte Nische im Zugangsbereich der St.-Klara-Kirche dirigierte. Vor dem altehrwürdigen Sandsteingebäude blieben sie stehen, und Spencer verkündete: »Damit Sie meine Rolle richtig einschätzen können: Auch ich bin nur ein Zwischenhändler. Kein ganz so kleines Licht wie Vladi, aber auch nicht der Boss. Und, well, ich fürchte, Sie werden mir sehr viel Vertrauen entgegenbringen müssen, wenn Sie auf die Jugoslawientour verzichten.«

Gabriele schüttelte entschieden den Kopf. »Nein, nein. Vertrauen ist gut, aber ein wenig mehr will ich schon in der Hand haben, bevor ich investiere.«

Spencers Stirn wurde von Sorgenfalten überzogen. »Sie sind wirklich hammerhart, was? Well, was ich Ihnen anbieten kann, ist ein Muster. Ein bereits nach Deutschland geschmuggeltes kleines Einzelstück aus der Sammlung, das Sie auf seine Echtheit untersuchen können. Wäre das ein Weg, den Sie bereit wären zu gehen?«

Gabriele blieb zurückhaltend: »Kommt ganz darauf an, wo uns dieser Weg hinführt.«

Spencer sah sie gewinnend an: »Nicht weit, keine Sorge. Der Treffpunkt liegt nur eine knappe Autostunde von hier entfernt.«

»Wo – genau – wollen Sie uns hinlotsen?«, wollte Gabriele wissen.

Spencer hob die Schultern. »Gewisse Sicherheitsstandards müssen wir nun mal einhalten, wenn wir nicht schon bei der Überprüfung der Ware auffliegen wollen. Dafür sollten Sie eigentlich Verständnis haben.«

»Ja, ja, schon gut. Also wo?«

»Ich habe lange nach einer Art neutralen Zone Ausschau gehalten, in der wir keinen Ärger mit der deutschen Polizei zu befürchten haben. Gefunden habe ich diese Zone in der Oberpfalz. Genauer gesagt: am Rande des Truppenübungsplatzes von Grafenwöhr.«

»Was?«, fragte Gabriele entgeistert. »Auf dem Schießplatz der Amis?«

Spencer verzog das Gesicht. »Was für ein abwertender Ausdruck für das größte Truppenübungsgelände der US Army außerhalb der Vereinigten Staaten? Nein, nein, Grafenwöhr ist nicht bloß ein Schießplatz. Es ist ein riesiges Areal!«

»Ein riesiges Areal, mag sein«, mischte Sina wieder mit, »aber auch ein Sperrgebiet. Da kommen wir doch gar nicht rein.«

Spencer lächelte verschmitzt. »Ich habe für uns einen Bereich ausgespäht, der zwar in den Hoheitsbereich der US Army fällt, aber nicht mehr genutzt wird. Ein vergessenes Dorf am Rande des Truppenübungsplatzes, in dem früher der Häuserkampf trainiert wurde. Heute stehen die zerschossenen Häuser leer und sind dem Verfall preisgegeben. Dieses Areal ist ohne großen Aufwand zu erreichen und wird kaum noch von der MP patrouilliert.«

Gabriele horchte auf. »Ein verlassenes Dorf – unzugänglich für die deutsche Polizei?« Ein Paradies für Hehler, dachte sie. Doch sie wollte sich ihre Euphorie nicht anmerken lassen. »Ist es denn wirklich sicher?«, fragte sie streng.

»Todsicher«, sagte Spencer und ließ seine Augen blitzen.

Als sie sich vorm Burger King in der Königstraße verabschiedeten, hatten sie eine feste und verbindliche Verabredung mit Spencer getroffen. Sina fasste es in ihren eigenen Worten noch einmal zusammen, während sie den Weg zur U-Bahn-Station einschlugen: »Wir haben also Vertrauen gewonnen zu Spencer, richtig? Er will uns eine kleine Kostprobe aus dem serbischen Gemäldeschatz geben, aber das geht nur auf neutralem Boden, wo uns die deutschen Behörden nicht erwischen können. Durch seine Connections zur Army will er uns auf den Truppenübungsplatz Grafenwöhr einschleusen, wo es ein Dorf für Schießübungen gibt, das nicht mehr genutzt wird und daher einen idealen konspirativen Treffpunkt bildet.«

»Korrekt«, bestätigte Gabriele.

»Ist dieser Plan nicht mindestens genauso verrückt wie eine Reise ins Bürgerkriegsgebiet nach Jugoslawien?«

»Mag sein, Kleine, dass ein gewisses Restrisiko für uns besteht. Aber es gibt einen ganz entscheidenden Vorteil: Eine Fahrt in die Oberpfalz belastet meinen Etat weitaus weniger als ein Flug nach Belgrad!«

8

Der Etat. Der schnöde Mammon stand im Zentrum von Gabrieles Gedankenwelt, dachte Sina später, als sie sich in ihre kleine Dachgeschosswohnung zurückgezogen hatte und den Tag zu rekapitulieren versuchte. Sie lümmelte sich auf ihrem Sofa, ein Holunderblütentee stand griffbereit auf einem Tischchen und verbreitete einen angenehm süßlichen Duft. Ja, grübelte sie, Gabis Horizont blieb ziemlich eingeschränkt, das ließ sich nach all den Jahren ihrer Freundschaft nicht leugnen. Sobald jemand mit ein paar Scheinen winkte, schien Gabriele bereit zu sein, sich blindlings in jede Gefahr zu stürzen und das Wohl ihrer Freundin und oft genug auch das ihres Bruders Friedhelm der Willkür dubioser Geschäftspartner auszusetzen. Kein feiner Charakterzug, resümierte Sina verbittert.

Aber sie wäre nicht Gabrieles beste Freundin, wenn sie nicht auch den anderen Blickwinkel kennen würde: Gabriele stammte aus einer Familie, in der die jeweilige Finanzlage schon immer Dreh- und Angelpunkt gewesen war: Ihre Urgroßeltern hatten das Antiquitätengeschäft in der Pirckheimerstraße aufgebaut, ganz klein und bescheiden mochten die Anfänge gewesen sein. Die Großeltern steckten dann all ihre Kraft in die Vergrößerung des Geschäfts, erweiterten den Kundenkreis, planten sogar Filialen in anderen Stadtteilen. Die dafür notwendigen Investitionen sparten sie sich vom Mund ab. Schließlich gelang ihnen der große Wurf, und für eine kurze Zeit war Antiquitäten Doberstein der Branchenführer in Nürnberg und überflügelte sogar die alteingesessene Konkurrenz am Burgberg. Doch eines Tages fielen die Bomben des Zweiten Weltkriegs. Die Nordstadt traf es besonders hart. Das Wohn- und Geschäftshaus der Dobersteins bekam einen Volltreffer ab, alles versank in Schutt und Asche. Die Großeltern hatten weder die Kraft, noch das Geld für die angebrachte Aufbauarbeit. Also mussten Gabrieles Eltern, damals noch sehr jung, ran und die Ärmel hochkrempeln. Sie begannen wieder bei null, und die Lage war nach wie vor sehr bescheiden, als Gabriele und ihr Bruder Friedhelm das Licht der Welt erblickten. An den Kindern wurde geknapst und ihnen schon in ganz jungen Jahren eingebläut, sparsam zu sein und das Geld zu mehren, statt es auszugeben. Denn man konnte ja nie wissen, wann die nächste Katastrophe über die Familie hereinbrechen würde.

Zwar ging es Gabriele mittlerweile wohl recht gut, denn sie galt als angesehene Adresse und hatte viele Stammkunden. Auch ihre Nebengeschäfte, von denen Sina ja nur die wenigsten kannte, brachten sicherlich Etliches ein. Aber Gabriele blieb geprägt von den Eindrücken ihrer Kindheit und Jugend, manisch darauf bedacht, nur ja keine potenzielle Geldquelle zu übersehen.

Als gute Freundin versuchte Sina immer wieder, Gabrieles überehrgeiziges Bestreben auf ein normales Mittelmaß zu reduzieren, doch es wollte ihr nicht gelingen. Im Gegenteil: Am Ende war Sina ja oft selbst mit von der Partie, wenn Gabriele sich anschickte, einen neuen Coup zu landen.

Sina schlürfte nachdenklich Tee und übte sich in Selbstkritik: Statt zu verhindern, dass Gabriele weitere Dummheiten ausheckte, förderte sie diese Entwicklung durch ihre oftmals viel zu devote Art und ihr schnelles Einknicken, wenn es galt, eigenen Vorsätzen treu zu bleiben. Immerhin, ein kleiner Trost blieb: Sina konnte vereiteln, dass die beiden Frauen eine abenteuerliche Reise nach Jugoslawien antraten – aber stellte das illegale Betreten eines militärischen Sperrgebietes wirklich einen akzeptablen Tausch dar?

Ein heißer Tee und Ruhe zum Nachdenken, Planen und Taktieren – das war es, wonach sich auch Gabriele sehnte, als sie nach Hause kam. Statt der erhofften Zeit für sich allein musste sie sich allerdings unverhofft auf ein paar Stunden in Gesellschaft einstellen: Denn sie wurde bereits erwartet.

Eduard Diehl stand vor der Tür ihres Geschäfts, dunkler Trenchcoat, farblich passender Hut, die Arme über seinem stattlichen Brustkorb verschränkt. Von Weitem konnte Gabriele das Mienenspiel im bärtigen Gesicht des Kommissars nicht erkennen. Als sie näher trat, musste sie jedoch feststellen, dass Diehl nicht gekommen war, um ihr als Verehrer die Aufwartung zu machen: Er sah sehr ernst und, ja, auch sehr dienstlich aus.

»Können wir reingehen?«, fragte er brummig durch die Scheibe. »Ungestört reden?«

Gabriele, etwas eingeschüchtert, willigte ein und schloss auf. Gleich hinter ihnen verriegelte sie die Ladentür wieder. Diehl ging schweigend voran bis ins Nebenzimmer, die Teeküche.

Er bat nicht um einen Kaffee und machte auch keine Anstalten, sich zu setzen. Stattdessen hob er mit gedämpfter, beinahe monotoner Stimme an: »Ich habe eine traurige Nachricht zu überbringen. Ich hoffte, dass ich deine Freundin Sina hier antreffen würde, um es auch ihr mitzuteilen. Sie wird es wohl noch härter treffen.«

Gabriele fühlte, wie ihr das Blut aus dem Kopf wich. Was, um Himmels willen, wollte Diehl ihr sagen? War er ihnen auf die Schliche gekommen und würde ihren Bilder-Deal vereiteln? Aber was sollte dann diese Anspielung auf Sina? Weshalb würde sie stärker betroffen sein als sie selbst?

Diehl ließ sie nicht lange im Unklaren, sondern brachte seine Nachricht vor. Er sprach sachlich und etwas unterkühlt. Es hörte sich an, als hätte er diese oder ähnliche Sätze auswendig gelernt, weil er sie in seinem Beruf so oft verwenden musste: »Euer gemeinsamer Bekannter Klaus wurde tödlich verletzt. Es tut mir leid, dir diese schlimme Botschaft überbringen zu müssen, aber ich möchte nicht, dass ihr es erst aus dem Radio oder der Zeitung erfahrt.«

»Wie …? Wann …?« Mehr war Gabriele zunächst nicht im Stande zu sagen.

Diehl berichtete ihr von den Vorkommnissen am Aufseßplatz und den Rückschlüssen, die die konfusen und sich teilweise widersprechenden Zeugenaussagen bislang zugelassen hatten. Ohne Umschweife machte er zudem deutlich, dass es sich seiner Meinung nach um Mord handele und er bereits eine Sonderkommission ins Leben gerufen habe.

Gabriele, deren Schock über die völlig unerwartete Mitteilung allmählich dem Wissensdurst wich, verlangte nach mehr Details: »Wie genau hat sich die Sache zugetragen?«

Diehl fuhr sich mit der Hand über den Bart. »Wie bereits gesagt: Eine Tat am helllichten Tag und in aller Öffentlichkeit. Es gibt jede Menge Zeugen, aber niemand hat wirklich etwas gesehen. Als Klaus zu Boden sank, sah es für die Passanten so aus, als hätte er einen Schwächeanfall erlitten. Mehrere Fußgänger konnten beobachten, wie ein anderer Spaziergänger ihn zu stützen versuchte und dann auf den Pflastersteinen absetzte.«

»Dieser Spaziergänger, der geholfen hat …«

»… ist kurz darauf im Getümmel der Schaulustigen verschwunden und nicht wieder aufgetaucht. Jedoch haben wir eine recht exakte Personenbeschreibung.« Diehl räusperte sich und riet Gabriele, sich besser hinzusetzen, bevor er fortfuhr: »Der Spaziergänger entsprach in Statur und Haarfarbe einem Mann, mit dem du und deine Freundin bereits in Konflikt geraten seid. Ein Profikiller, den ihr unter dem Namen ›Irischer Bauer‹ kennt.«

Gabrieles Hände schossen wie von allein nach oben und pressten sich vor ihren Mund. Nein! Das konnte, das *durfte* nicht wahr sein! Sollte sie die Vergangenheit abermals eingeholt haben? Mit zittriger Stimme suchte sie nach letzter Gewissheit: »Ist es möglich, dass sich die Zeugen getäuscht haben? Kann es sich um eine Verwechslung handeln?«

Der Kommissar schüttelte sehr langsam den Kopf. »Die Zeugenaussagen sind es leider nicht allein, die uns auf diese Spur gebracht haben: Der Kehlkopf des Opfers war zerquetscht, zusätzlich das Rückgrat gebrochen. Das ist unzweifelhaft die Handschrift des Iren, der diese sichere Art des lautlosen Tötens praktiziert, wenn er nicht gerade mit Giftspritzen hantiert.«

Für Gabriele hörten sich diese detaillierten Beschreibungen an wie blanker Zynismus, doch sie wusste, dass Diehl lediglich Tatsachen vor ihr ausbreitete. Sie konnte sich drehen und wenden wie sie wollte und musste sich doch eingestehen: Die Schrecken der Vergangenheit waren zurückgekehrt!

Diehl, der ihre Sorgen und Ängste erkannte, näherte sich ihr behutsam und legte seinen Arm um ihre Schulter. Es war eher eine väterliche Geste. Gabriele wusste das zu schätzen und fühlte sich umso mehr mit diesem im Grunde genommen immer noch Fremden verbunden. Sie spürte, wie die Kraft, die von Diehls Arm und seiner starken Hand ausging, auf sie übertragen wurde. Das gab ihr selbst etwas von ihrer eigenen Stärke zurück, sodass es ihr gelang, ihre Emotionen im Zaum zu halten.

Sie stellte weitere Fragen, die Diehl bereitwillig beantwortete. Unbewusst wollte sie, indem sie den Kommissar löcherte, wohl auch vermeiden, dass eine Pause entstand. Denn sie ahnte mehr als zu wissen, dass Diehl noch nicht am Ende war. Seine offizielle Botschaft hatte der Polizist nun überbracht, was aber noch ausstand, war der Rat des Privatmenschen Diehl.

Und tatsächlich: Als Gabrieles Wissensdurst fürs Erste gestillt war, sie sich ein plastisches Bild von Klaus' letzten Lebensminuten machen konnte und sie wusste, dass nicht nur die deutsche Polizei, sondern auch Interpol nach dem Iren fahndete, redete Diehl Tacheles: »Gabi«, sprach er sie mit der Kurzform ihres Vornamens an, um den privaten Charakter des nun Folgenden hervorzuheben. »Es mag einen offensichtlichen Grund für den gewaltsamen Tod deines Bekannten geben. Die Vermutung drängt sich geradezu auf, dass es sich um einen Racheakt des Verbrechersyndikats handelt, dem du im vergangenen Jahr in die Quere gekommen bist.«

»Ja, die waren … – hinter dem DDR-Gold her«, stammelte Gabriele.

»Nicht nur die«, stellte Diehl richtig. »Fest steht, dass Klaus mit diesem Syndikat sympathisierte und sich ihm sogar anschließen wollte. Er stand deshalb vor Gericht …«

»… wurde aber freigesprochen aus Mangel an Beweisen«, vollendete Gabriele den Satz. »Trotzdem blieb der Eindruck, dass er etwas verschwiegen hatte, was er der Polizei gegenüber keinesfalls preisgeben wollte.«

»Korrekt«, bestätigte Diehl. »Diesen Eindruck teilte offenbar auch die Gegenseite und mobilisierte den Iren als gedungenen Killer, um Klaus daran zu hindern, dass er irgendwann mit der Wahrheit herausrückte.«

Gabriele nickte. »Ja, so könnte es gewesen sein.«

Diehl atmete hörbar ein, bevor er fortfuhr. »Ich fürchte, dass es zu kurz gedacht ist, wenn wir davon ausgehen, dass diese verbrecherische Organisation sich mit dieser Tat zufrieden gibt.«

»Ich verstehe nicht, worauf du hinaus willst«, sagte Gabriele, verstand jedoch nur zu gut.

»Wir müssen einkalkulieren, dass man es auch auf dich und deine Freundin abgesehen hat«, sagte Diehl und klang ernstlich besorgt.

Gabriele wollte ein entspanntes Lächeln aufsetzen, was kläglich scheiterte. »Aber was sollten diese Leute denn für einen Grund haben, uns nachzusetzen? Wir haben längst alles zu Protokoll gegeben, was wir über diese Bande wussten. Von uns geht keine weitere Gefahr aus.«

Diehl war ganz anderer Ansicht: Schon zwei Mal hätten Gabriele und Sina der Organisation ins Handwerk gepfuscht. Einmal in Peenemünde auf der Ostseeinsel Peenemünde Usedom und ein Jahr später in Berlin beziehungsweise Nürnberg. Für das Syndikat hatte die Einmischung der Frauen beide Male einen hohen finanziellen Verlust und den Aufschub des eigentlichen Ziels bedeutet. Dieses Ziel war bis heute nebulös geblieben, aber allein schon der materielle Schaden dürfte nach Diehls Mutmaßungen für die Verbrecher ausreichen, um sich an Gabriele und Sina zu rächen. »Ich denke, die Angelegenheit ist längst nicht ausgestanden.«

Gabriele hörte all das gar nicht gern. Sie selbst hatte solche Gedanken in den zurückliegenden Monaten mehr oder weniger erfolgreich verdrängt. Gleichwohl konnte sie sich vor den Worten des Kommissars nicht verschließen. »Und die Konsequenz daraus?«, fragte sie, nachdem sie Diehls Ausführungen auf sich hatte wirken lassen. »Willst du uns Personenschutz geben? Tag und Nacht eine Polizeistreife vor der Haustür postieren?«

Diehl pustete seine Wangen auf und stieß die Luft gleich darauf geräuschvoll aus. »Glaube mir, Gabriele, am liebsten würde ich es genauso machen. Aber so funktioniert es leider nicht. Ich kann ohne hinreichende Beweise nicht das Personal dafür abstellen. Es würde mich in Teufels Küche bringen, wenn herauskäme, dass meine eigenen, ganz persönlichen Sorgen um dich der Auslöser für eine polizeiliche Maßnahme wären.«

»Wir müssen also selbst auf uns aufpassen«, schlussfolgerte Gabriele und war in gewisser Weise erleichtert darüber. Denn eine permanente polizeiliche Überwachung hätte ihren Bilder-Deal nachhaltig durchkreuzt.

Als könnte er Gedanken lesen, sagte Diehl: »Ich

an deiner Stelle würde meine Finger vorerst von Geschäften lassen, die du nicht dem Finanzamt melden willst.«

Gabriele sah ihn bass erstaunt an. »Ermittelst du neuerdings auch für den Fiskus?«

Diehls Augen wurden schmal. »Du weißt genau, worauf ich anspiele. Setz dich und deine Freundin keinen unnötigen Gefahren aus. Gerade jetzt ist es der denkbar ungünstigste Zeitpunkt für Geschäfte der besonderen Art.«

Geschäfte der besonderen Art – Diehl verstand es trefflich, Klartext zu reden, ohne das Kind beim Namen zu nennen. Aber, so mutmaßte Gabriele, das durfte er auch gar nicht. Denn wenn er offen zugab, dass er von ihren krummen Geschäften wusste, ohne seinen Pflichten als Gesetzeshüter nachzukommen, wäre er die längste Zeit Leiter der Nürnberger Kripo gewesen.

Sie musste sich vor Augen führen: Diehl räumte ihr einzig und allein aus einem Grund eine Schonfrist ein – weil er sie mochte, vielleicht sogar liebte.

Bisher blieb diese Liebe jedoch einseitig. Zumindest weitgehend. Es brauchte seine Zeit, um Gabrieles Herz zu erweichen. Denn es war umgeben von einer dicken und festen Schicht aus gletscherkaltem Eis.

9

Sie hatte darauf bestanden, Sina die traurige Nachricht selbst zu überbringen und Diehl damit aus seiner Pflicht entlassen. Wider Erwarten schnell verabschiedete sich der Kommissar, wobei Gabriele nicht umhin konnte, ein leises Verlangen danach zu unterdrücken, ihn zum Bleiben zu ermuntern.

Sinas Reaktion bestand aus einem herzzerreißenden Schrei. So laut, dass Gabriele den Telefonhörer auf Abstand zu ihrem Ohr bringen musste. Ein Wimmern schloss sich an, gefolgt von stoßartigem Schluchzen.

»Sina, Kleine, schon gut, schon gut«, übte sich Gabriele im Trösten und erntete dafür eine wütende Attacke:

»Gar nichts ist gut! Klaus ist tot! Verstehst du? Tot! Tot!«

»Ja, Kleine, ich war im ersten Moment genauso schockiert. Aber ihr wart nicht mehr zusammen, hattet seit einem Jahr keinen Kontakt …«

»Wie kannst du nur so kalt und unbarmherzig sein? Und warum sagst du mir das alles am Telefon? Hast du Angst, mir dabei in die Augen zu sehen? Fürchtest du, dass du dann selbst deine Tränen nicht mehr zurückhalten kannst?« Sina ließ ihren Gefühlen freien Lauf. »Klaus und ich waren liiert. Über lange Zeit.

Ein Liebespaar.« Sie schnäuzte sich. »Ja, wir haben oft gestritten, und zum Schluss fehlte auch das letzte bisschen Vertrauen. Aber das macht die Vergangenheit nicht wett. Wir hatten viele glückliche Wochen, Monate. Wir hatten Spaß, teilten jede Menge gemeinsame Erfahrungen, wir genossen Nähe und Wärme. Vielleicht bedeutet dir all das nichts, was eine Partnerschaft ausmacht, aber mir hat es etwas bedeutet. So eine Erinnerung tilgt man nicht einfach, als wäre nie etwas gewesen.«

»Ich wollte deine Gefühle nicht verletzten«, sagte Gabriele kleinlaut. »Entschuldige bitte.«

Sina, die eher eine sture Reaktion ihrer Freundin erwartet hätte, milderte angesichts dieser Entschuldigung ihren Zorn. »Ja, ist schon okay. Aber, verdammt, wie konnte das passieren? Haben wir nicht schon genug einstecken müssen? Sind wir zeitlebens vom Pech verfolgt? Warum mussten sie Klaus das antun?« Sie wimmerte wieder. »Er war doch einfach nur ein großer, dummer Junge.«

Eine Stunde später saßen sie in Sinas Wohnung zusammen, um über ihre nächste Zukunft zu entscheiden. Sollten sie angesichts der neuesten Entwicklung ihre Pläne über den Haufen werfen oder aber Stärke zeigen und weitermachen wie bisher?

Sina war nicht unvorbereitet. Sie hatte – noch bevor sie die Nachricht von Klaus' Tod erreicht hatte – einiges Material über den Truppenübungsplatz in Grafenwöhr zusammengestellt. Die Zeitungsberichte und offiziell zugänglichen Daten, die sie in der kurzen Zeit zusammentragen konnte, waren nicht eben umfangreich, dennoch aufschlussreich. Nun holte sie diese Unterlagen hervor und gab ihrer Freundin ihr bisheriges Wissen weiter. So gelang es ihr, den Schock über Klaus' Tod noch eine Weile zu unterdrücken und sich nicht von den Gefühlen des Schmerzes und der Trauer übermannen zu lassen.

»Das Gelände ist riesig! Viel umfangreicher, als ich es mir vorgestellt hatte. Die ersten Schießübungen fanden dort schon zu Kaiser Wilhelms Zeiten statt.« Sina lieferte der aufmerksam zuhörenden Gabriele einen kurzen Abriss der Entstehungsgeschichte des Militärgeländes im Landkreis Neustadt an der Waldnaab, das sich über ein Gelände von weit über 200 Quadratkilometern erstreckte. Zuvor ein waldreicher und kaum besiedelter Landstrich, ließ das Königshaus Bayern um 1910 einen Schießplatz für die Armee aufbauen, der später von der Wehrmacht großräumig erweitert wurde. Ortschaften wurden aufgelöst, die Einwohner zwangsumgesiedelt. »Viele dieser Dörfer gibt es immer noch«, wusste Sina zu berichten. »In ihnen übten die Soldaten lange Zeit den Häuserkampf.«

»Ja«, sagte Gabriele, »einen dieser Geisterorte am südwestlichen Zipfel des Areals hat Spencer als Treffpunkt ausgewählt: Frankenohe. Dort soll sogar noch ein alter Kirchsturm stehen, habe ich mal gehört.«

»Mag sein. Doch wenn es richtig ist, was meine Quellen hergeben, dann werden wir dieses Frankenohe niemals zu Gesicht bekommen. Der Zutritt zum gesamten Gelände ist strengstens verboten. Die Wachposten dort haben scharfe Munition in ihren Läufen und fackeln nicht lange, wenn sie auf Eindringlinge stoßen.«

Gabriele zeigte ein leichtes Schmunzeln. »Sie werden schon nicht auf uns schießen. Nicht auf zwei wehrlose Frauen.«

»Bist du sicher? Spätestens seit den Anschlägen der RAF auf amerikanische Einrichtungen in Deutschland, an denen ja auch Frauen beteiligt waren, machen die Wachsoldaten keinen Unterschied mehr zwischen Männlein und Weiblein.«

»Mmmh.« Gabriele wirkte nachdenklich, als sie eine Karte aus Sinas Fundus in die Hand nahm. »Wahrhaft ein enorm großes Gelände. Ich kann mir nicht vorstellen, dass die Patrouillen jeden Winkel im Auge behalten können.«

»Darauf zielt Spencers Vorschlag ja ab. Nach seinen Worten lässt sich dort kaum noch ein Wachsoldat blicken. Aber ich finde es trotzdem extrem gefährlich, sich freiwillig mitten in einen Haufen schießwütiger Amis zu wagen.«

Gabi widersprach nicht. Stattdessen bat sie darum, sich die Unterlagen über Grafenwöhr ausleihen und mit nach Hause nehmen zu können. Sina hatte nichts dagegen. Gleichwohl fiel es ihr schwer, ihre Freundin gehen zu lassen. Denn mit Gabrieles Abschied kehrte die Einsamkeit in Sinas kleine Wohnung ein – und mit ihr die verdrängten Emotionen.

Sina hatte Klaus am Ende ihrer wechselvollen Beziehung zu hassen gelernt. Dennoch weinte sie nun um ihn. Laut schluchzend, tränenreich, aus vollem Herzen.

10

Gabriele zählte sich nicht zu der Sorte von Menschen, die sich schnell ins Bockshorn jagen oder von äußeren Umständen in ihrem Schaffensdrang bremsen ließen. Die Sache mit Klaus war hart, grausam und äußerst tragisch. Dennoch dachte sie gar nicht daran, ihre nächsten Zukunftspläne zu überdenken. Nachdem sie die von Sina entliehenen Unterlagen über Grafenwöhr ausgiebig studiert hatte, gelangte sie zu dem Schluss, dass ein Treffen an diesem Ort heikel, jedoch keineswegs fahrlässig war. Da sie auch bei längerer Überlegung keinen Zusammenhang zwischen ihrem Unterfangen und Klaus' Tod erkennen konnte, wähnte sie sich und ihre Freundin auf der sicheren Seite. Na ja, zumindest auf der halbwegs sicheren. Sie blieb also entschlossen, sich dieser Herausforderung zu stellen.

Da sie allerdings nicht gänzlich ohne Rückversicherung loslegen wollte, suchte sie nach einem dritten Eingeweihten: einem Komplizen, der sie im Fall eines Falles rauspauken könnte. Es hatte mal eine Zeit gegeben, in der Klaus eine solche Rolle übernommen hätte. Nun musste Ersatz her. Unwillkürlich dachte Gabriele an Diehl. Doch das konnte sie sich gleich wieder aus dem Kopf schlagen. Keinesfalls durfte sie einen Bullen ins Vertrauen ziehen. Dann könnte sie sich ja auch gleich selbst wegen Hehlerei anzeigen.

Sie grübelte eine ganze Weile weiter, während der Tee, der auf ihrem Wohnzimmertisch vor ihr stand, allmählich kalt wurde. Nachdem sie etliche Kandidaten aus ihrem näheren und entfernteren Bekanntenkreis als ungeeignet abgehakt hatte, blieb am Schluss nur ihr Bruder übrig. Dieses Ergebnis ihrer Kandidatensuche behagte ihr ganz und gar nicht. Aber letztendlich gab es keine Alternative. Auch er würde wohl kaum begeistert sein, über das Wohl seiner Schwester zu wachen und sie möglicherweise aus einer Klemme befreien zu müssen. Daher müsste sie behutsam vorgehen und durfte ihn mit ihrem Anliegen weder überfallen noch vor den Kopf stoßen. Sie nahm sich vor, freundlich zu sein, als sie seine Nummer wählte.

»Hallo, Friedhelm? Ich bin's. – Was? Es ist gerade ungünstig? Ich soll später anrufen? – Nein, das geht nicht. Ich habe etwas sehr Wichtiges mit dir zu besprechen. – Ja, jetzt! Die Sache duldet keinen Aufschub. – Nein, das können wir nicht morgen erledigen. Du musst sofort herkommen, damit ich dich instruieren kann. – Was? Ich soll dir keine Vorschriften machen? Was meinst du denn mit Vorschriften? Ich habe dich lediglich gebeten, in meinen Laden zu kommen. Das ist doch keine Vorschrift. – Wie? Du findest, dass ich mich aggressiv anhöre? Das ist doch Unsinn! Wenn hier jemand aggressiv ist, dann bist es du mit deinen dauernden Widerworten. Damit hast du damals schon Mama und Papa auf die Palme bringen können.«

Eine halbe Stunde später bimmelte die Ladenglocke, und ein griesgrämiger Friedhelm betrat das Antiquitätengeschäft. Gabriele begrüßte ihn frostig, denn nach dem Telefonat hatte sie es beinahe bereut, ihren Bruder mit ins Boot geholt zu haben. Während der schlaksige Kerl seinen Trenchcoat abstreifte, legte Gabriele ihm ihre Situation dar und bat ihn darum, die Rolle des Aufpassers zu übernehmen.

»Du hast dabei eigentlich nicht viel zu tun. Du wartest einfach hier im Laden, bis wir zurück sind. Wir machen eine Uhrzeit aus, zu der wir uns spätestens bei dir melden oder zurückkommen. Nur im unwahrscheinlichen Fall, dass etwas passiert und wir länger aufgehalten werden, müsstest du aktiv werden.«

»Und wie?«, fragte Friedhelm widerstrebend. »Soll ich dann die Polizei verständigen?«

»Nein, nein!« Gabriele winkte entschieden ab. »Das wirklich nur im allergrößten Notfall. Fürs Erste würde es reichen, wenn du deinen Allerwertesten in dein Auto schwingst – für das übrigens ich die monatlichen Tilgungsraten zahle – und nach Grafenwöhr fährst. Dort schaust du dich um und siehst zu, dass du etwas über unseren Verbleib in Erfahrung bringen kannst. Wahrscheinlich ist spätestens dann ohnehin wieder alles okay mit uns, aber du weißt ja: Vorsicht ist die Mutter der Porzellankiste!«

»Also gut«, murmelte Friedhelm und blickte seine Schwester scheel an. »Was springt denn für mich dabei raus?«

Gabriele glaubte nicht richtig zu hören. Erwartete ihr eigener Bruder ernsthaft von ihr, dass sie dafür zahlte, wenn er einmal im Leben auf sie aufpassen sollte?

»Habe ich dir nicht soeben einen dezenten Hinweis darauf gegeben, dass ich deinen fahrbaren Untersatz finanziere – und so manches andere? Reicht das nicht allmählich? Meinst du nicht, es wird Zeit, dass *du* öfter mal eine Gegenleistung für meine finanzielle Unterstützung erbringst?« Während Gabriele redete, schaukelte sich ihre Wut immer weiter auf.

Ehe sich Friedhelm versah, hatte er nicht nur die Aufgabe am Hals, in einigen Tagen über seine Schwester zu wachen, sondern bekam außerdem eine

Beschäftigung aufgebrummt, die schon heute zu erledigen war: Gabriele verdonnerte ihn dazu, neue Ware aus ihrem Kastenwagen zu laden und ins Lager zu schleppen.

»Er steht hinten in der Garage. Am besten, du fängst gleich damit an!«, sagte sie in einem Ton, der keinen Widerspruch duldete.

Schlurfenden Schrittes und unverständliche, aber sicherlich bitterböse Worte grummelnd, steuerte Friedhelm den rückwärtigen Ausgang des Geschäfts an. Er trat an die frische Luft hinaus in einen für diese Gegend typischen Hinterhof. Während zu den Frontseiten die stolzen Fassaden mit ihren vornehmen Sandsteinverkleidungen und aufwendigen Steinmetzarbeiten dominierten, war im rückwärtigen Bereich meist nur schnöder roter Backstein verbaut worden. Einige zierliche Balkone und rankende Pflanzen in sattem Grün gaben dem Ganzen dennoch ein besonderes Flair, das auch vom morbiden Charme des Maroden zehrte.

Die Garagen selbst waren wenig ansehnlich und stammten noch aus den 50ern. Friedhelm wuchtete das Wellblechtor zu Gabis Unterstellplatz auf. Die Scharniere quietschten dabei entsetzlich. Im Halbdunkel stand der VW Bulli. Die Garage war so schmal, dass Friedhelm kaum an dem Wagen vorbeikam. Schon gar nicht würde er ihn in dieser Enge entladen können. Folglich schloss er die Fahrertür auf, zwängte sich hinters Steuer und ließ den Motor an.

Hustend und stotternd erwachte der betagte Heckmotor zum Leben. Er ratterte bedenklich, verschluckte sich, als Friedhelm allzu forsch mit dem Gaspedal spielte, und brauchte ein Weilchen, bevor er sich beruhigte und gleichmäßig vor sich hinblubberte. Friedhelm, der den Wagen und dessen ganz spezielle Tücken bereits kannte, wusste, dass damit erst die halbe Miete bezahlt war. Denn als Nächstes galt es, den Gang einzulegen. Er versuchte es und kassierte dafür ein laut kreischendes Aufjaulen des Getriebes.

»Verdammter Mist!«

Er wagte einen zweiten Anlauf, rührte mit dem Schaltknüppel, während er kräftig auf die Kupplung trat. Wieder kreischte es ohrenbetäubend, doch diesmal rastete etwas ein. Erleichtert sah Friedhelm auf, ließ sachte die Kupplung kommen und gab Gas. Der VW setzte sich in Bewegung. Nur leider in die falsche Richtung! Statt nach vorn aus der Garage heraus, fuhr der Bulli rückwärts. Ehe Friedhelm etwas dagegen tun konnte, rumpelte der Kleinbus gegen die an der Rückwand lagernden Reifenstapel und Regale. Es krachte, schepperte und toste.

Friedhelm trat auf die Bremse, würgte dabei den Motor ab. Er schimpfte vor sich her, während der Krach in seinem Rücken allmählich verebbte. Eine schöne Bescherung, dachte er wütend und frustriert zugleich. Er wollte den Motor ein zweites Mal starten, als er unter all den Geräuschen um sich herum einen menschlichen Laut wahrnahm. Es war ein Stöhnen. Kehlig und tief.

Friedhelm unterließ seinen neuen Startversuch und schaute sich um. In der Garage war es nach wie vor dunkel, und er konnte durch die Heckscheibe kaum etwas erkennen. Also öffnete er die Tür, stieg aus und wollte gerade selbst nachsehen, was sich am Heck des Wagens abspielte, als er jäh gestoppt wurde.

Ein Schatten stürmte auf ihn zu. Groß, mächtig, alles andere verdrängend. Friedhelm wurde unsanft hinausgestoßen, strauchelte, fiel auf den Garagenhof. Irritiert sah er sich um. Der Schatten wurde im Tageslicht als muskulöser Mann enttarnt. Mindestens 1,90 Meter groß, stiernackig, mit kurz geschorenen roten Haaren. Der Mann blutete an Stirn und Armen. Er humpelte zudem, was ihn aber nicht daran hinderte, dem immer noch auf dem Boden liegenden Friedhelm einen schmerzvollen Tritt mit dem Fuß zu verpassen. Dann verschwand er durch die Ausfahrt, die hinaus zur Pirckheimerstraße führte.

Friedhelm blieb verblüfft, irritiert und peinlich berührt liegen. Er überlegte, ob er in den Laden rennen und Gabriele informieren sollte. Denn wenn ihn nicht alles täuschte, hatte er soeben keinen geringeren als den irischen Bauern angefahren und verletzt. Doch – der Killer war entkommen. Und somit auch der Beweis dafür, dass Friedhelms Beobachtung der Wahrheit entsprach.

Vermutlich würde Gabriele seine Geschichte

ohnehin bloß für eine faule Ausrede dafür auslegen, dass er ihren Wagen zerbeult hatte. Ja, dachte er grimmig, so war sie. Dachte stets nur das Schlechteste über ihn.

Daher hatte sie die Wahrheit nicht verdient. Friedhelm entschied sich dafür, die Sache für sich zu behalten. Er ging zurück zum VW-Bus, startete den Motor erneut, und diesmal gelang es ihm, den Wagen bis vor die Garage zu fahren.

11

Sina war sich selbst nicht im Klaren darüber, worin ihre wahren Beweggründe lagen: Neugierde oder die Suche nach Zerstreuung, um Abstand zu den tragischen Ereignissen um Klaus und zu ihrem früheren Leben zu gewinnen?

Im Grunde genommen war es auch müßig, darüber nachzudenken, denn nun gab es kein Zurück mehr: Sina saß auf dem Beifahrersitz von Gabrieles VW-Bus, genau wie ihre Freundin ganz in schwarz gekleidet.

Der Abend war kühl und diesig, feine Regentropfen spritzten an die Frontscheibe.

Sie befanden sich auf dem direkten Weg in die Oberpfalz, entschlossen, sich auf Spencers Vorschlag einzulassen. Immerhin hatten sie gewisse Vorsichtsmaßnahmen ergriffen – nur für den Fall der Fälle: Friedhelm war informiert und würde Alarm schlagen, falls sie sich nicht zurückmeldeten. Gabi hatte sogar erwogen, einen Brief für Eduard Diehl zu hinterlassen. Aber sie war nicht fatalistisch genug eingestellt, um ein Scheitern ihres Unternehmens ernsthaft in Betracht zu ziehen. Ohnehin hatte sie eine Abneigung gegen jede Art der schriftlichen Festlegung. Friedhelm als Absicherung musste also reichen.

In der Dunkelheit fiel es ihnen nicht leicht, auf Anhieb den richtigen Weg zu finden. Immer wieder musste Sina das Leselicht anschalten und sich in die Straßenkarte vertiefen. Sich in der ländlich strukturierten Oberpfalz zurechtzufinden, fiel den Nürnbergerinnen schon bei Tage schwer, erst recht in der Nacht.

Eine kurvenreiche Landstraße führte sie an einem ausgedehnten Waldstück entlang, als plötzlich Schilder auftauchten, die das Licht der Autoscheinwerfer reflektierten. Es handelte sich um Warntafeln von der Größe eines Ortsschilds. Gabriele drosselte das Tempo und brachte den VW-Bus neben einer der Tafeln zum Stehen.

»Training area. Unauthorized entry is prohibited«, las Sina vor. »Caution – danger to life.« Sorgenvoll sah sie Gabriele an. »Hast du gehört? Die schreiben da was von Lebensgefahr.«

Gabriele verzog etwas genervt das Gesicht: »Das hatten wir doch zur Genüge diskutiert. Natürlich stellen die Amis Warntafeln und Verbotszeichen auf, aber wir dürfen nicht vor der ersten Hürde zurückscheuen, die sich uns in den Weg stellt.« Aufmunternd fügte sie hinzu: »Los, Kleine, zeigen wir den Cowboys, mit wem sie es zu tun bekommen!«

Es dauerte noch eine geschlagene Stunde inklusive mehrerer Wendemanöver, bis die Frauen die schmale Abzweigung fanden, die Spencer in seiner Treffpunktbeschreibung gemeint haben musste. Einem Feldweg ähnlich schlängelte sich die schmale Trasse über eine Lichtung direkt in den Wald hinein. Die beiden ignorierten geflissentlich mehrere Haltezeichen und Warnungen in Deutsch und Englisch. Sie fuhren unbeirrt weiter durch die immer undurchdringlicher werdende Dunkelheit und wunderten sich, nicht auf eine Mauer, einen Zaun oder sonstige Barrieren zu treffen.

Der Zustand des Weges wurde von Meter zu Meter schlechter. Die Reifen von Gabrieles Transporter schlugen in tiefe Schlaglöcher, es rumpelte und schüttelte die Frauen auf ihren Sitzen hin und her.

»Da hätte man wohl besser einen Geländewagen benutzt«, schimpfte Gabriele vor sich hin und hielt den Blick konzentriert durch die Frontscheibe gerichtet.

Die Fahrt wurde immer ungemütlicher. Nach etwa fünf Minuten lichtete sich der Wald erneut. Die Bäume wichen Sträuchern und Büschen, dann war die Landschaft vor ihnen plötzlich kahl und ungastlich. Wie bizarre Kunstobjekte tauchten x-förmig verschränkte Stahlträger links und rechts vor ihnen auf. Panzersperren, mutmaßte Gabriele und umfuhr die klobigen Barrieren.

Als Nächstes trafen sie auf einen mannshohen Maschendrahtzaun, der eine Krone aus Stacheldraht trug. Doch der Zaun befand sich in einem desolaten Zustand und wies meterweite Lücken auf. Durch eine dieser Lücken steuerte Gabriele ihren VW und fuhr auf losem Schotterboden weiter.

Das ehemalige Frankenohe begrüßte sie mit dem unheimlichen Ambiente eines Gruselfilms. Das Dorf lag in völliger Dunkelheit vor ihnen. Die Gebäude waren nichts als Schattenrisse, zerfurcht von Beschädigungen durch Geschosse und den zerstörerischen Kräften von Wind und Wetter.

Als sie näher kamen, sahen sie bröckelnde Wände und eingefallene Dächer. Von einigen Gebäuden standen nur noch die Grundmauern, andere wirkten relativ intakt und verfügten sogar noch über Fensterläden und Türen. Im Zentrum des Ortes ragte der Kirchturm auf, dessen Spitze fehlte und der wie ein pittoreskes Kunstwerk anmutete, dem weiteren Verfall trotzend.

Gabriele hielt unmittelbar vor dem bröckelnden Sakralbau an und kurbelte die Fensterscheibe herunter. Die kühle Nachtluft wehte in den Wagen. Mit ihr ein leichter Geruch nach feuchtem Mörtel, Moder und Fäulnis.

»Ziemlich unheimlich hier, was?«, sagte Sina und zog den Kragen ihrer Jacke zusammen.

Gabriele antwortete nicht. Sie ließ ihren Blick über den Dorfplatz schweifen, der im Licht ihrer Scheinwerfer vage zu erkennen war. Dann öffnete sie die Tür und setzte ihre Füße auf den Boden. Sie hörte das Knirschen von Kieselsteinen, als sie auftrat. »Los geht's, Kleine. Wir treffen uns mit Spencer im …« Beinahe hätte sie Saloon gesagt. Aber es war das frühere Gasthaus Zum Roten Ochsen, das ihr Geschäftspartner für die Zusammenkunft ausgewählt hatte. Der Beschreibung nach lag es unmittelbar gegenüber der Kirche. Sie hatten ihr Ziel also so gut wie erreicht.

Auch Sina verließ den Wagen, umrundete ihn schnellen Schrittes und blieb dicht an Gabrieles Seite. Das Gebäude, auf das sie zugingen, war im klassischen Fachwerkstil der Region errichtet worden und befand sich noch in einem recht guten Gesamtzustand. Doch der Weg dorthin machte den gegenteiligen Eindruck.

»Pfui Teufel, was für ein Matsch«, murmelte Gabriele. Ein schmatzendes Geräusch unter ihrem Fuß hatte ihren entsetzten Blick nach unten geführt. Besorgt um ihre schwarzen Lederstiefeletten, versuchte sie beim nächsten Schritt auszuweichen, was ein aussichtsloses Ansinnen war, denn nirgends war eine trockene Stelle zu sehen.

Gabriele zog den Schuh aus dem zähen Schlamm. Die Pfütze, die der Stiefel hinterließ, begann sich augenblicklich mit trübem Wasser zu füllen. Mit einem resignierten Seufzer gab Gabriele ihre Sorge um die Stiefel auf und tat es Sina gleich, die längst weitergegangen war.

Der vereinbarte Treffpunkt, das alte Gasthaus, lag nun direkt vor ihnen. Die Türen waren verrammelt und mit über Kreuz davor genagelten Brettern zusätzlich gesichert worden. Das Gleiche galt für die Fenster. Sie machten einen halbherzigen Versuch, die Hindernisse zu beseitigen, brachen aber bald ab.

»Ohne Werkzeug kommen wir da unmöglich rein«, meinte Sina, nachdem sie kräftig an den Brettern gerüttelt hatten.

»Wenn wir das nicht schaffen, gilt das auch für Spencer«, folgerte Gabriele und sah sich missmutig um. »Vielleicht hat er kurzfristig umdisponiert und einen leichter zugänglichen Ort gewählt.« Ihre Aufmerksamkeit wurde von einem Bauernhaus ganz in der Nähe angezogen, das ebenfalls noch recht gut in Schuss zu sein schien. »Komm, Sina, versuchen wir es dort«, bestimmte sie und stapfte los.

Der gute Eindruck, den die Bauernkate aus der Entfernung auf sie gemacht hatte, wich der Ernüchterung. Das verlassene Gehöft war heruntergekommen wie fast der ganze Ort: Leere Häuser, Ställe, Scheunen und Schuppen säumten die ehemalige Dorfstraße, die vor Morast starrte. Das, was einmal die Heimat einer Dorfgemeinschaft gewesen war, zerfiel unter einem bleiernen Himmel langsam zu Ruinen.

Sina schritt die Front des Haupthauses entlang, in dem sie auf Spencer und das Musterstück aus der Gemäldesammlung hoffte. Zu ihrem Leidwesen waren aber auch hier sämtliche Zugänge inklusive der Fenster vernagelt. Die Bretter waren verwittert. Als sie daran zu rütteln versuchte, stellte sie jedoch fest, dass sie ebenso fest saßen wie die an der Gastwirtschaft. Jahre mussten vergangen sein, dachte sie, seit dieses Haus das letzte Mal betreten worden war. Wo auch immer Spencer steckte – hier drin hielt er sich ganz bestimmt nicht auf.

Sina war versucht, seinen Namen zu rufen, doch irgendetwas hielt sie davon ab. Wahrscheinlich die Beklemmung, die sie verspürte, seit sie das Militärgelände betreten hatten.

Auch Gabriele, die aus den massiven Bretterverschlägen vor dem Gebäude dieselben Rückschlüsse zog wie ihre Freundin, hielt sich damit zurück, durch Rufe auf ihr Erscheinen aufmerksam zu machen. Stattdessen sah sie sich nach einer weiteren Möglichkeit um, die Spencer als Übergabeort für das Probestück auserkoren haben könnte. Dabei fiel ihr ein offener

Kuhstall mit Wellblechdach auf, nur wenige Meter neben dem Haupthaus gelegen. Die Dachrinne hatte sich gelockert und klapperte im böigen Wind. Beide Frauen tauschten einen einvernehmlichen Blick aus, bevor sie den Hof überquerten und den Stall betraten.

Viel war nicht zu sehen. Im Innern war es dunkel, und sie nahmen einen muffig fauligen Geruch wahr. Vorsichtig wagten sich die Frauen vor. Allmählich gewöhnten sich ihre Augen an das Dämmerlicht. Sie konnten Stallboxen erkennen, deren Gatter schief in den Scharnieren hingen. Wo sie hinsahen, lag vergammeltes Stroh auf dem Boden. Sie drangen tiefer in den Stall vor. Zaghaft und kaum hörbar wagte Sina nun den Versuch, nach Spencer zu rufen. Doch eine Antwort bekam sie nicht. Ganz im Gegenteil: Die Stille um sie herum schien dichter und bedrückender geworden zu sein. Für einen kurzen Moment überkam sie die irrationale Angst, nicht mehr von hier zurückkehren zu können, abgeschnitten zu sein von der Welt, ab dem Augenblick, da sie die Schwelle des Kuhstalls übertreten hatte. Sina spürte den Anflug von Panik und wandte sich um nach draußen.

»Komm, Gabi, lass uns gehen. Hier haben wir nichts verloren«, appellierte sie an ihre Freundin, während ihr eine Gänsehaut nach der nächsten den Rücken herunterjagte. Das Dach über ihren Köpfen klapperte, als eine weitere Böe darüber hinwegfegte. Im gleichen Moment flog etwas dicht über ihre

Köpfe. Fledermäuse! Gabriele schauderte es ebenso wie Sina. Sie nickte der anderen zu, woraufhin beide dem Ausgang zustrebten.

Sie waren fast wieder an der frischen Luft, als Gabriele auf einen am Boden liegenden, sackförmigen Gegenstand aufmerksam wurde, ganz am Rand in einer schwer einsehbaren Nische. Sie stockte. Ebenso Sina, deren Panikattacken eine immer bedrohlichere Intensität annahmen.

»Was … – was ist das?«, fragte Sina mit bebender Stimme.

»Ganz ruhig, Kleine, das ist nur ein Haufen Unrat«, sagte Gabriele beschwichtigend, glaubte aber selbst nicht daran. Sie fühlte sich von der gekrümmt daliegenden Erscheinung auf widerstrebende Art angezogen. Sie musste sie untersuchen, um sich selbst und ihrer Freundin zu beweisen, dass ihre plötzlich aufkeimende Angst unbegründet war.

Gabriele fasste den Mut, um den Sack mit ihrem Fuß anzustupsen. Dafür musste sie sehr nahe an das seltsame Etwas herantreten. So nahe, dass sie in dem Sack einen Umhang oder eine Jacke erkannte. Etwas Schweres, Träges war darunter verborgen. Gabriele zuckte zusammen und wich einen Schritt zurück. Sina, ganz dicht neben ihr, stieß einen spitzen Schrei aus. Auch Gabriele war danach, sich abzuwenden und davonzulaufen. Aber in ihr begehrte gleichzeitig das Drängen danach auf, den zugedeckten Gegenstand zu untersuchen. Nicht mit den Händen – bloß nicht! Aber vielleicht … Sie sah sich um, entdeckte eine Mistgabel. Gabriele streckte sie nach der Jacke aus, um diese mit den rostigen Zinnen hochzuheben.

Ein abscheulicher, widerlich süßlicher Gestank verschlug den Frauen den Atem. Im Heu vor ihnen lag Spencer, dessen trübe, blutunterlaufene Augen anklagend zu ihnen hinaufstarrten.

12

Eduard Diehl kehrte in das Haus zurück, das er versuchte möglichst zu meiden. Aufenthalte hierin reduzierte er durch viel Arbeit und Besuche von Kneipen und Restaurants auf ein Minimum. Seit dem Tod seiner Frau – mehr als fünf Jahre war es inzwischen her – fühlte er sich in den eigenen vier Wänden nicht mehr wohl. Seine Frau Helga fehlte ihm noch immer sehr, und ohne ihre so präsente Art, ihren Hang zum Bemuttern und ihre Manie, ständig etwas an dem Haus oder zumindest am Interieur ändern zu müssen, war das Leben aus dem Gebäude gewichen. Die übermächtigen Gefühle des Verlustes hatte er zwar hinter sich, ebenso die Trauerzeit – was auch immer genau sich hinter diesem abstrakten Begriff verbergen mochte. Diehl hatte gelernt, mit dem Leben ohne Helga zurechtzukommen. Er schmiss den Haushalt mithilfe einer Putzfrau, die zweimal die Woche bei ihm kehrte und auch seine Hemden bügelte. Die Küche hatte er mehr oder weniger stillgelegt und seine Ernährung den Gastronomen der Umgebung anvertraut. Die wenige Freizeit, die er sich gönnte, wurde vom Fernsehprogramm gefüllt, wobei er sich am besten bei Quizsendungen entspannen konnte. Er hatte seinen Alltag also im Griff. Doch – Helga fehlte ihm jeden Tag, jede Stunde, jede Minute.

Lange Zeit hatte er keine andere Frau angeschaut. Er interessierte sich schlichtweg nicht für sie, und die Frauen wohl auch nicht für ihn: für Diehl, den Bullen. Den alternden, dicklichen Brummbären. Das Thema Frauen war für ihn passé gewesen, abgehakt, erledigt. Bis ihm Gabriele über den Weg gelaufen war. Eine eigenwillige, faszinierende Frau.

Seine Gesichtszüge entspannten sich, und ein seltsamer Glanz trat in seine dunklen Augen, während er an sie dachte. Ja, diese Antiquitätenhändlerin hatte es ihm angetan. Ihm war vollkommen klar, dass sie eine Frau mit den sprichwörtlichen Haaren auf den Zähnen war. Und über ihre obskuren Geschäfte mochte er als Polizist gar nicht zu genau nachdenken. Außerdem musste man sich um diese dickköpfige Person ständig Sorgen machen, denn sie schien die Gefahr geradezu magisch anzuziehen. Obwohl – vielleicht war es gerade die Unruhe, die sie in sein Leben gebracht hatte, die er so lange entbehrt hatte. Vielleicht war Gabriele Doberstein die Frau, die in die Lücke stieß, die seine Helga hinterlassen hatte. Jedenfalls ließ es sich nicht abstreiten, dass sie ihn beschäftigte und emotional anrührte. Selten hatte er sich in den letzten fünf Jahren so viele Gedanken über einen anderen Menschen gemacht wie über Gabriele.

Wie auch jetzt: Diehl saß im halbdunklen Esszimmer seines Hauses, vor ihm ein gut eingeschenktes Glas Rotwein, für das es eigentlich zu vorzeitig war an diesem frühen Abend. Er sann darüber nach, wie er es fertigbringen könnte, Gabriele künftig öfters zu sehen. Sollte er ihr seine Gefühle offenbaren? Oh nein, entschied er sich spontan gegen diesen Einfall. Sie würde ihn als alten Lüstling in die Wüste schicken! Noch dazu würde sie ihn nicht länger in seiner Rolle als beratend mahnender Bulle in ihrer Nähe dulden. Er musste wohl einen Umweg wählen, einen sehr weiten. Musste sie immer mal wieder ausführen und einladen, mit ihr essen gehen, und vielleicht eines Tages nach ihrer Hand fassen. Wie in lange, lange vergangenen Zeiten, mit der behutsamen Vorsicht eines Teenagers beim ersten Date.

Diehl griff zum Glas und leerte den Rotwein. Sogleich schenkte er sich nach. Er würde also sehr langsam vorgehen, um nichts zu verderben. Aber Langsamkeit bedeutete nicht Stillstand. Bald würde er den nächsten Schritt wagen müssen, um nicht den Eindruck des Desinteressierten zu erwecken. Ein weiterer Besuch in offizieller Mission kam – zumindest vorerst – zwar nicht infrage. Aber gegen die Einladung auf einen gemeinsamen Drink war nichts einzuwenden! Ein Cocktail, vielleicht, in der beliebten Kontiki-Bar in den ehemaligen Fischerhäusern am Pegnitzufer? Sollte er sie anrufen und dazu einladen? Er war sich nicht sicher, denn keinesfalls wollte er sich dieser Frau aufdrängen.

In hellem Entsetzen wollten die beiden Frauen aus dem Kuhstall stürzen. Nur weg von hier!, dachten beide. Weg von diesem fürchterlichen Ort! Spencer war tot – womöglich wären sie die Nächsten!

Es blieb nicht die Zeit für nüchterne Überlegungen: Ob sie etwa die Polizei verständigen sollten oder wohl vielmehr die Militärpolizei? Oder ob sie besser alles verdrängen und für sich behalten sollten? Ob sie hoffen sollten, dass die Spuren, die sie in dem Stall und rundherum hinterlassen hatten, nicht bis zu ihnen zurückzuverfolgen waren? Und dass niemand ihren Wagen auf dem Feldweg gesehen und das Nummernschild notiert hatte? All diese Gedanken schwirrten nur bruchstückhaft durch ihre Köpfe. Denn wichtig war in diesem Moment nur die eine zentrale Frage:

Würden sie unbehelligt diesen Ort des Schreckens verlassen können?

Die Kälte der Nacht umfing sie, als sie unter dem Wellblechdach hervor und ins Freie traten. Sie hatten bloß noch eines im Sinn: so schnell wie möglich zurück zu ihrem Wagen zu laufen und nach Hause zu fahren! Ihr Plan, die Gemäldesammlung, das viele Geld, das ihnen in Aussicht stand – all das hatte überhaupt keine Bedeutung mehr. Ihr Fluchtinstinkt dominierte und verdrängte alles andere.

Sie preschten voran, hofften auf ein schnelles Ende dieses zum Albtraum mutierten Ausflugs, bangten um ihr Wohl, beschworen das Schicksal – und wurden unmittelbar vorm Ausgang des Gehöfts in ihre Schranken gewiesen. Sie blickten in die Mündungen mehrerer Gewehre und Pistolen, die im Lichtkegel ihrer Taschenlampe auftauchten und zweifelsfrei auf sie gerichtet waren.

Die Amis!, war Sinas erster Gedanke bis sie sah, dass der Kleidung der Waffenträger nichts Militärisches anhaftete. Die Männer, die ihnen mit grimmigen Gesichtern gegenüberstanden, trugen zivil. Und die Gesichter waren ihr nicht unbekannt. Zumindest eines nicht.

»Der irische Bauer!«, schrie Sina entsetzt.

Gabriele, die beim plötzlichen Stopp beinahe über ihre eigenen Beine gestolpert wäre, reagierte nicht weniger schockiert: »Oh mein Gott!«, stieß sie aus. »Es war eine Falle!«

Diehl, vom süffigen Rotwein beseelt, machte sich selbst Mut und überwand seine Skrupel. Beherzt griff er zum Telefonhörer. Er wählte Gabrieles Nummer, die er inzwischen auswendig kannte. Geduldig wartete er, lauschte dem Tuten des Rufzeichens, wartete weiter. Niemand nahm ab.

Er harrte länger aus, als es die Vernunft gebot, bevor er den Hörer zurück auf die Gabel legte. Wo konnte Gabriele um diese Uhrzeit nur sein, fragte er sich. Inzwischen war es weit nach Ladenschluss. Soweit er wusste, klingelte Gabrieles Telefon auch oben in ihrer Wohnung, wenn sich im Geschäft niemand mehr aufhielt. Also, wo konnte sie sein? Beim Spazierengehen? Wohl kaum. War sie noch einmal weggefahren? Aber wohin? In einen der großen Supermärkte, die neuerdings bis 20 Uhr geöffnet hatten? Möglich, aber es gab noch weitere Optionen.

Diehl wich der Alternative, die ihm in den Sinn kam, zunächst aus und versuchte, diese wenig schöne Aussicht gar nicht erst aufkeimen zu lassen. Doch dann konnte er sich dem drängenden Gedanken nicht länger entziehen. Er musste sich die Frage stellen: War Gabriele bei einem anderen Mann?

Sie war ungebunden, frei, konnte tun und lassen, was sie wollte. Es gab keinerlei Grund für sie, allein und einsam in ihrer Wohnung zu versauern. Natürlich hatte sie Männerbekanntschaften, das musste sich Diehl vor Augen halten. Er war sicher nicht der Einzige, der sie ausführte – und vielleicht gingen die

Beziehungen zu den anderen weiter als ihre erst allmählich entstehende Freundschaft.

Diehl ließ die Schultern hängen. Enttäuscht schenkte er sich Wein nach.

Die Frauen hatten nicht die Gelegenheit, sich auf die neue Situation einzustellen oder gar zu reagieren. Zwei der Männer lösten sich aus der Gruppe, kamen blitzschnell auf sie zu und stülpten ihnen Säcke über die Köpfe und zogen sie zugleich fest zu. Sina verspürte unmittelbar einen starken Würgereiz. Instinktiv riss sie die Hände nach oben, um die straffe Schnur zu lockern. Doch die Arme wurden brutal nach unten geschlagen. Sina stieß einen schmerzverzerrten Laut aus. Schreien konnte sie nicht mehr, dafür fehlte ihr die Luft.

Auch Gabriele kämpfte vergebens gegen ihre Zwangslage an. Der Sack nahm ihr den Sauerstoff zum Atmen. Die Schnur drückte auf ihren Kehlkopf. Sie konnte sich kaum auf den Beinen halten. Was geschah mit ihnen? Was hatten der Killer und seine Spießgesellen mit ihnen vor?

Sina stöhnte, japste, strauchelte. Als sie nahe dran war, der Länge nach hinzufallen, griff ihr jemand grob in die Armbeuge und hielt sie aufrecht.

Dann hörte sie gleichzeitig mit Gabriele das charakteristische Geräusch, das von einem Gewehr ausgeht, wenn es durchgeladen wird.

Die Vernunft gebot es ihm, von einem weiteren Glas Rotwein abzusehen, denn Diehl musste befürchten, dass der Alkohol ihn nicht beflügeln, sondern – im Gegenteil – seine negative Stimmungslage verstärken würde. Er raffte sich auf, ging zum Kühlschrank und dachte beim Blick auf die magere Auswahl an Vorräten darüber nach, ob er lieber Wiener Würstchen, ein abgepacktes Sandwich oder einen Fleischsalat essen sollte. Wie sich herausstellte, waren die Verfallsdaten von Fleischsalat und Sandwich abgelaufen, sodass nur die Wienerle übrig blieben. Diehl war es zu umständlich, heißes Wasser aufzusetzen, und aß die Würste daher kalt. Er fand sogar noch einen Rest Senf, den er aus einer nahezu leeren Tube herausquetschte.

Auf diese Weise gestärkt, regenerierten sich auch seine Lebensgeister. Er schaute auf die Uhr: Der Abend war immer noch jung! Er nahm sich vor, sein Glück erneut auf die Probe zu stellen und es ein weiteres Mal bei Gabriele zu versuchen. Er wählte erneut ihre Nummer, wartete geduldig das Tuten ab.

Diesmal hatte er Erfolg: Schon nach kurzer Zeit wurde am anderen Ende der Leitung abgenommen.

Sina sackte zusammen und wurde abermals grob in die Senkrechte gebracht. In ihren Ohren pochte es. Gleichzeitig wurde ihr angesichts des Luftmangels schwindelig. Sie konnte kaum noch einen klaren

Gedanken fassen. Die unmittelbare Bedrohung, jede Sekunde von einer Gewehrkugel getroffen zu werden, hielt sie jedoch bei Bewusstsein.

Gabriele spürte ihr Herz mit der Wucht eines Presslufthammers wummern. Sie machte sich klar, dass ihr letztes Stündlein geschlagen hatte. Man würde sie hinrichten. Ein gezielter Kopfschuss aus nächster Nähe, und das war's. Ade, schöne Welt! Gabriele wurde übel.

Diehls aufflammenden Erwartungen wurden erstickt, kaum dass er sich gemeldet hatte. Am Telefon hatte er nicht etwa Gabriele erwischt, sondern ihren Bruder, von dem er nach den wenigen bisherigen Begegnungen nicht besonders viel hielt. Seine Enttäuschung ließ er sich jedoch nicht anmerken, sondern erkundigte sich höflich, ob die Schwester zu sprechen sei. Friedhelm erklärte in schnodderigem Ton, dass Gabriele gemeinsam mit Sina unterwegs sei und sich noch nicht zurückgemeldet habe.

In Diehls Ohren hörte sich Friedhelms Erklärung wie ein Vorwurf an, und deshalb erkundigte er sich: »Wann wollte sie denn zurück sein?«

»Eigentlich schon vor einer Stunde. Aber das liebe Schwesterlein glänzt ja nicht gerade durch Pünktlichkeit. War nie ihre Stärke.«

Diehl brannte es auf der Zunge, danach zu fragen, wo die beiden Frauen denn hingefahren seien. Er wählte jedoch einen Umweg, um diese Information zu bekommen: »Hat man Sie wohl damit betraut, das Geschäft so lange zu betreuen?«

»Ja«, kam es wie aus der Pistole geschossen. »Aber der Laden schließt um 18 Uhr, und seitdem hänge ich hier herum und verplempere meine Zeit, um auf die werten Damen zu warten.«

»Gehen Sie doch einfach heim. Mit Kunden müssen Sie nach Ladenschluss ja nicht mehr rechnen.«

»Nee.« Friedhelm druckste herum. »Ich habe denen zugesagt, dass ich solange bleibe, bis sie hier wieder eintrudeln.«

»Sind die beiden wohl weit weggefahren?«

»Schon möglich. Keine Ahnung.«

Diehl merkte sofort, dass sein Gesprächspartner log. Er wusste sehr wohl, wo sich seine Schwester und ihre Freundin aufhielten. Was mochten die beiden schon wieder aushecken? Ging es um ein Geschäft, über das er als Polizist nicht Bescheid wissen sollte? »Vielleicht haben sie ja eine Wagenpanne und brauchen Hilfe.«

»Glaube ich nicht. Und wenn doch, wissen die sich schon selbst zu helfen. Sina ist ja fit im Umgang mit Werkzeugen.«

»Ja, aber sie könnten doch anrufen und erklären, warum es später wird.«

»Da, wo die sind, ist ganz bestimmt keine Telefonzelle in der Nähe. Das können Sie vergessen.«

Erwischt!, dachte Diehl. »Ach, Sie wissen also doch, wo sich Ihre Schwester aufhält.«

»Öh … – nur vage. Aber jetzt habe ich keine Zeit mehr zum Telefonieren. Ich werde ihr ausrichten, dass Sie angerufen haben. Schönen Abend!«

Es klackte in der Leitung. Friedhelm hatte aufgelegt, und Diehl starrte verwundert auf den Telefonhörer in seiner Hand. Was, fragte er sich, wurde da gespielt?

Die Zeit schien stillzustehen. Im immer schwächer werdenden Kampf gegen den Luftmangel und die stockende Blutzufuhr für das Gehirn wartete Sina auf den scharfen Knall des Schusses, der sie treffen und tödlich verletzen würde. Es konnte nur noch eine Frage von Sekunden sein. Obwohl sie unter dem Sack nahezu blind war, sah sie die Patrone förmlich auf sich zufliegen. Sie konnte ahnen, wie sich das Geschoss durch den dünnen Stoff des Sackes bohren und gleich darauf in ihre Stirn eindringen würde. Dermaßen plastisch entfaltete sich ihre Vorstellung, dass sie meinte, sogar den kurzen stechenden Schmerz spüren zu können, den die Kugel beim Eintauchen in ihrem Kopf auslösen würde.

Auf unbestimmte Weise war auch Gabriele bereit, sich ihrem Schicksal zu ergeben. Der Knall des Gewehrs würde sie aus der unerträglichen Situation erlösen, in der sich befand. Sie war kaum noch bei Verstand, spürte ihren Körper nicht mehr, fing an zu halluzinieren. Wann schossen sie endlich? Wann machten sie dem Grauen ein Ende?

Sina war aufs Höchste angespannt. Doch der Schuss ließ auf sich warten. Sie zuckte zusammen, als sie eine Hand an ihrem linken Arm spürte. Mit einem kräftigen Ruck wurde der Ärmel ihrer Jacke zurückgeschoben. Fast im gleichen Moment fühlte sie einen schmerzhaften Einstich. Gleich darauf schwanden auch ihre letzten Lebensgeister.

»Das hat man nun von seiner Gutmütigkeit!«, wetterte Friedhelm, nachdem er den Hörer wütend aufgelegt hatte. Er ärgerte sich maßlos über seine Schwester und deren Unzuverlässigkeit. Warum, zum Kuckuck, kamen die blöden Weiber nicht endlich zurück?

Er konnte sich wahrlich Schöneres vorstellen, als hier in Gabrieles ungemütlicher Wohnung zu sitzen und Däumchen zu drehen. Nicht mal vernünftig fernsehen konnte er, um die Zeit totzuschlagen, denn Gabriele hatte keinen Kabelanschluss und auch keine Schüssel auf dem Dach, sodass nur die langweiligen öffentlich-rechtlichen Sender zu empfangen waren. Wenn sie nicht bald auftauchten, würde er es nicht rechtzeitig nach Hause schaffen, um eine Wiederholung von Tutti Frutti zu gucken.

Mit wachsendem Gram sah Friedhelm auf seine Armbanduhr. Schon bald 22 Uhr! Denen würde er was erzählen! Wahrscheinlich waren Gabi und Sina nach ihrem Geschäftsabschluss einen trinken gegangen, um den erfolgreichen Deal zünftig zu begießen.

Ihn hatten sie dabei bestimmt vergessen. Unverschämt – aber typisch für das selbstgerechte Verhalten seiner Schwester.

Für einen ganz kurzen Moment kam Friedhelm der eigentliche Grund seiner Aufgabe in den Sinn: nämlich nach dem Rechten zu sehen und notfalls Alarm zu schlagen, falls die beiden Frauen sich nicht zurückmelden sollten. Aber seine Wut über das vermeintlich unfaire Benehmen von Gabi dominierte seine Gedanken. Einzig und allein die Standpauke, die er ihr gleich halten würde, spielte für ihn jetzt eine Rolle. Er legte sich die Worte zurecht, mit denen er die Frauen zurechtweisen würde. Und er nahm sich vor, sich nie wieder von seiner Schwester vor den Karren spannen zu lassen.

Als Gabriele und Sina kurz vor Mitternacht immer noch nicht zurück waren, wich Friedhelms Wut der Müdigkeit. Während eine alte Magnum-Folge über den Bildschirm flimmerte, fielen ihm die Augen zu.

13

In den Bombennächten des Zweiten Weltkriegs traf es die Nürnberger Südstadt besonders hart. Nahezu 90 Prozent der Gebäude und Infrastruktur wurden zerstört. Industrieanlagen versanken in Schutt und Asche, ebenso ganze Wohnquartiere und stolze bürgerliche Refugien wie die Quartiere rund um den Maffei- oder den Dianaplatz. Der Wiederaufbau stand unter dem Sparzwang der 50er- und frühen 60er-Jahre. In dieser Zeit wuchs auch der Wohnblock in die Höhe, in dem Vladi in einem beengten Einzimmerstudio hauste.

Das Mietshaus fußte auf zwei Betonklötzen, in der Mitte unterbrochen durch eine schmale Passage. Unten fanden kleine Geschäfte Platz: ein Zeitungskiosk, ein türkischer Obst- und Gemüsehändler sowie ein Frisiersalon. Darüber schichteten sich über fünf Etagen die Wohnungen, die sich durch dünne und somit hellhörige Wände, rauschende Wasserleitungen und undichte Fenster auszeichneten.

Vladi hatte versucht, mit gewagten Wandfarben, originellen Möbeln und einer permanenten Beschallung durch seine Hi-Fi-Anlage das Beste daraus zu machen. Doch auf die Dauer konnte das keine Lösung sein, weshalb er sich auf seine neue Bleibe in der Lorenzer Altstadt freute. Dank der großzügigen Belohnung von Spencer für seine Vermittlungsdienste konnte er sich den Umzug und die ersten beiden Mietzahlungen spielend leisten. Alles Weitere würde sich von selbst ergeben, denn er hoffte künftig auf weitere leichte Aufträge dieser Art. Eigentlich wäre damit alles gut, wenn sich nicht immer wieder das schlechte Gewissen bei ihm melden würde. Außerdem trieb ihn ein weiterer Gedanke um: Spencers Art gefiel ihm nicht. Für Vladis Geschmack kehrte Spencer sein amerikanisches Naturell viel zu sehr heraus. Vladi mochte die Amerikaner nicht besonders. Sie waren und blieben im Grunde nichts anderes als schießwütige Revolverhelden, die meinten, dem Rest der Welt ihre Ideologie aufdrücken zu können und bis in den letzten Winkel des Globus Cola und Burger an den Mann bringen zu müssen. Vor allem missfiel es ihm, dass sich die Amis im Jugoslawienkonflikt mehr und mehr auf die Seite der Feinde Serbiens stellten. Nicht dass Vladi die Politik seiner Landsleute guthieß, aber im Herzen war und blieb er ein überzeugter Patriot und stand zu seinem Heimatland, komme, was wolle.

Und nun spielte er ausgerechnet für einen US-Amerikaner den Handlanger, einen Ex-GI noch dazu. Er paktierte sozusagen mit dem Gegner seines Volkes, was ihm zunehmend Bauchschmerzen bereitete.

Noch etwas kam hinzu: Die Jobs, die er bisher für Spencer erledigt hatte, waren relativ simpel und überschaubar gewesen. Natürlich war ihm bewusst, dass es keine sauberen Geschäfte waren, die der Amerikaner abwickelte. Somit füllte Vladi die Rolle des Handlangers eines Hehlers aus. Er verstieß damit – genau genommen – gegen das Gesetz und machte sich wahrscheinlich aller möglichen Delikte schuldig. Doch niemals war bisher ein Mensch zu Schaden gekommen. Darauf legte Vladi allergrößten Wert. Denn mit kleinen Ganoven zu kooperieren war die eine Sache, mit Gangstern eine ganze andere. Diesmal konnte er sich aber ganz und gar nicht sicher sein. Vordergründig hatte er diese beiden Frauen, Gabriele und Sina, in einen Gemälde-Deal verwickelt. Er hatte sie geködert und mit Spencer zusammengeführt. Damit hatte er seine Aufgabe erfüllt und sollte sich keine weiteren Gedanken mehr über diese Angelegenheit machen. Doch Vladi wurde den Gedanken nicht los, dass die Sache mit den Bildern nur als Vorwand gedient hatte. Spencer und seine Hehlerwaren hielten möglicherweise nur dafür her, um die Frauen an einen ganz bestimmten Ort zu locken. Dass sie auf den Treffpunkt in Jugoslawien nicht eingehen würden, war von Anfang an klar gewesen. Man hatte folglich ganz bewusst darauf spekuliert, später einen neuen Treffpunkt aus dem Hut zu zaubern. Ein zweites Mal konnten die Frauen den vorgeschlagenen Ort schwerlich ablehnen, und Vladi war sich ziemlich sicher, dass sie eingewilligt hatten. Nun beschäftigte ihn die Frage, was Spencer dort wirklich mit ihnen anstellen wollte – und ob vielleicht noch jemand anderes hinter all dem steckte, der Böses im Schilde führte.

Wie auch immer! Vladi drehte seine Musikanlage auf und ließ sich auf sein Schlafsofa plumpsen. Er konnte doch sowieso nichts tun. Er war eben nur ein kleines Rädchen im Getriebe.

14

Sie lebten! Diese Erkenntnis, verbunden mit einem Schub ungeheurer Erleichterung, schoss Sina durch den Kopf, während sie die Augen aufschlug und versuchte, ihren geschwächten Körper aufzurichten. Gabriele lag gleich neben ihr. Auch sie bewegte sich und schien langsam das Bewusstsein wiederzuerlangen. Sina atmete auf. Dann hob sie den Blick, um sich zu orientieren: Sie befanden sich in einem einfach eingerichteten Raum. Annähernd quadratisch, die fensterlosen Wände mit einer blassblau und weiß gestreiften Tapete versehen, an einer Seite befand sich eine Tür. Die Einrichtung fiel ebenso schlicht aus und bestand lediglich aus einem Tisch mit zwei Stühlen, einer Anrichte sowie einem gerahmten, nichtssagenden Bild an der Wand. Es stellte eine Gebirgslandschaft dar. An der Decke hing eine Lampe mit cremefarbenem Lampenschirm. Der Raum war zwar sparsam möbliert, doch machte er nicht im Geringsten den Eindruck einer Gefängniszelle oder eines Verschlages, um jemanden wegzusperren.

Sina fragte sich, in wessen Wohnung sie sich hier befanden und warum man sie hergeschafft hatte. Sie saß nun mehr oder weniger aufrecht auf dem Boden, noch immer von Schwindelgefühlen geplagt, und stupste ihre Freundin vorsichtig an.

Gabriele stöhnte. »Oh, mein Kopf«, murmelte sie und stützte sich auf ihren Armen ab. Als sie blinzelnd die Augen öffnete, fragte sie: »Wo sind wir? Im Himmel jedenfalls nicht.«

»Aber auch nicht in der Hölle«, meinte Sina und freute sich, Gabrieles Stimme zu hören. »Unsere Kidnapper haben uns wohl eine Schonfrist gegeben.«

Gabriele sah sich um und kam zu demselben Schluss wie zuvor schon Sina: Sie wurden in einer Wohnung gefangen gehalten. Offenbar hatte man sie vom Truppenübungsplatz weggeschafft und nach dem Abklingen der Betäubung an diesem Ort wieder wach werden lassen. Eine Wohnung in einem verlassenen Haus? Oder gab es Nachbarn? Hatten sie möglicherweise die Chance, auf sich aufmerksam zu machen?

Gabriele fühlte, wie sie allmählich zu Kräften kam, und schlug vor: »Lass uns probieren, ob wir die Tür öffnen können. Notfalls mit Gewalt. Wenn wir laut genug sind, kommt uns vielleicht jemand zu Hilfe.«

Sina mochte sich dem Optimismus ihrer Freundin nicht anschließen. Skeptisch sah sie zu der Tür hinüber. »Die ist mit Sicherheit zugesperrt. Sie sieht zwar nicht sonderlich stabil aus, aber ohne Brecheisen kann ich wenig tun. Außerdem sitzt wahrscheinlich ein Aufpasser davor und wartet nur darauf, dass er uns eine verpassen kann, falls wir einen Ausbruch wagen.«

»Lass es uns wenigstens probieren«, blieb Gabriele beharrlich. Sie zog ihre Beine an, stützte sich mit den Händen ab und wuchtete ihren geschwächten Körper empor. Kaum stand sie auf beiden Beinen, begann der Raum um sie herum ein sonderbares Eigenleben anzunehmen. Es war, als würde er sich langsam drehen. Die Wände schienen sich zu bewegen, und als Gabriele einen Schritt nach vorn trat, geriet ihr Körper ins Trudeln. Mit dem zweiten Schritt verstärkte sich dieser Eindruck. So sehr, dass sie in die Knie ging und tastend Halt am Boden suchte.

»Gabi?« Sina sah sie besorgt an. »Alles okay mit dir?«

»Offensichtlich nicht!«, gab die andere verärgert von sich. »Mir ist total schwindelig.« Dann blickte sie ihre Freundin auffordernd an. »Versuch du es mal. Geh zur Tür und drück die Klinke.«

Sina nickte. Auch sie stand jetzt auf – mit dem gleichen, beunruhigenden Resultat. Das Zimmer entwickelte eine unheimliche Wandlung, sobald sie sich erhoben hatte. Alles um sie herum veränderte seine Lage, Größe und Entfernung. Als sie auf die Tür zuzugehen versuchte, wurde es noch schlimmer. Sie kam sich vor, als würde sie über ein schwankendes Schiffsdeck gehen. Völlig verunsichert setzte sich auch Sina wieder auf den Fußboden.

»Was geht denn hier ab?«, stieß sie aus. »Sind das die Auswirkungen von irgendwelchen Drogen, die man uns verpasst hat?«

Gabriele zuckte mit den Schultern. »Schon möglich. So ein Mist!«

»Vielleicht eine Art biochemische Fessel, die uns an der Flucht hindert«, sann Sina nach einer Erklärung.

»Ein pharmazeutischer Cocktail, der nur wirkt, wenn man steht? Wer denkt sich denn so einen kranken Mist aus?« Gabriele sah sich grimmig nach dem vermeintlichen Verursacher um. Doch sie blieben allein in dem Raum.

»Ich kann mir das auch nicht richtig erklären«, sagte Sina nach einer Weile. Erneut ging sie zunächst in die Hocke, um dann einen weiteren Versuch zu unternehmen aufzustehen. »Vielleicht sind es ja wirklich nur die Nachwirkungen von dem Betäubungsmittel, das uns die Männer gespritzt haben.«

Aber auch der zweite Anlauf endete mit demselben, erschreckenden Resultat: Als Sina versuchte, auf die Tür zuzugehen, sträubte sich ihr Körper gegen die Bewegung. Ihre Schritte waren ungelenk, wie von unsichtbaren Kräften gebremst. Nur unter Mühen erreichte sie ihr Ziel, drückte die Klinke. Verschlossen, wie nicht anders zu erwarten war. Sina taumelte zurück, musste sich abstützen, fand Halt an der Lehne einer der Stühle.

»Verflucht!«, schimpfte sie und setzte sich auf den Stuhl. »Ich komme mir vor wie eine tattrige Oma. Brauche ich ab jetzt etwa eine Gehhilfe?«

Gabriele, die sich eine neuerliche Erfahrung dieser Art ersparen wollte, krabbelte auf allen vieren auf den zweiten Stuhl zu, zog sich mit den Händen hinauf und setzte sich Sina gegenüber. Sie verschränkte die Arme und ließ sie auf der Tischplatte ruhen. »Ich würde sagen: An Flucht brauchen wir nicht länger zu denken. In unserem Zustand würden wir nicht mal bis an die nächste Straßenecke kommen.«

»Da hast du leider recht«, pflichtete ihr Sina bei. »Ich möchte zu gern wissen, was für eine verteufelte Droge die uns eingeflößt haben. Wir sind bei wachem Verstand und in unserer Motorik dennoch völlig gehandicapt.« Wütend hieb sie mit der Faust auf den Tisch. Dabei löste sich ein Modeschmuckring von ihrem Finger.

Der Ring rollte zunächst in die Mitte des Tisches, wobei er zu schlingern begann. Statt dann aber langsamer zu werden, sich im Kreis zu drehen, schnell an Bewegungsenergie zu verlieren und schließlich zum Stillstand zu kommen wie ein Kreisel, rollte der Ring weiter. Er beschleunigte sogar sein Tempo, schoss über die Tischplatte hinaus und kullerte auf den Boden. Dort nahm er sogar noch an Geschwindigkeit zu, rollte weiter und weiter und blieb erst liegen, als er von der Zimmerwand abprallte.

Sina und Gabriele verfolgten den Vorgang mit vor Erstaunen offenen Mündern.

15

Als Friedhelm aus seiner unbequemen Liegeposition erwachte, lief im Fernseher längst das Frühstücksprogramm. Ein aufstrebender Wettermoderator lieferte gerade eine ungewohnt flapsig vorgebrachte Prognose für die nächsten Tage ab und schenkte den Zuschauern neuen Mut, dass die momentane Schlechtwetterlage schon bald von einem Hochdruckgebiet vertrieben werden und die Sonne selbst die zähesten Wolken einfach wegbrutzeln würde.

Friedhelm fand das nur mäßig originell und schon gar nicht lustig. Er drückte auf die Fernbedienung und bereitete dem ambitionierten Vortrag des Wetterfroschs ein vorzeitiges Ende. Mit schlurfenden Schritten begab er sich in die Küche und durchforstete die Vorräte seiner Schwester nach etwas, das seinen Gelüsten entsprach. Er fand es in Form von Eiern und Speck, die er sich sogleich zubereitete.

Während er aß und dazu einen starken Kaffee trank, dachte er an Gabriele und daran, dass sie noch immer nicht aufgetaucht war. Einen Geschäftsabschluss zu feiern und danach zu versumpfen war die eine Sache. Aber gar nicht mehr heimzukommen und die Nacht stattdessen wahrscheinlich bei irgendeinem Typen außer Haus zu verbringen, ging nun doch zu weit. Friedhelm war ernsthaft erbost und bedachte seine Schwester mit einer Vielzahl von Flüchen.

Dann besann er sich seines Versprechens, den Laden zu hüten. Es war bereits nach 9 Uhr. Die Geschäftszeit hatte also schon begonnen. Aus einem tiefen, inneren Bedürfnis nach Gerechtigkeit heraus dachte er daran, sich einfach aus dem Staub zu machen. Sollte das Geschäft zubleiben! Wenn seine Schwester etwas Besseres vorhatte, als ihrem Beruf nachzugehen, war es mehr recht als schlecht, wenn er sich dieselben Freiheiten herausnahm.

Doch auf einmal fielen ihm die hehren Ziele seiner Eltern ein und ihr ewiges Bestreben, den Antiquitätenhandel zu einer dauerhaften Blüte zu führen. Für einen winzigen Moment verspürte er so etwas wie Pflichtgefühl und Verantwortung.

Als er jedoch den Ladenschlüssel vom Schlüsselbrett nahm, spukten bereits andere Überlegungen durch seinen Kopf: Wenn sich seine Schwester zu gut dafür war, selbst hinterm Tresen zu stehen, könnte er fürs Erste zwar den Verkauf übernehmen – aber er würde es besser machen! Er könnte die Preise einiger Ladenhüter reduzieren und das ein oder andere schwer verkäufliche Exponat als Schnäppchen ins Schaufenster stellen. Damit würde er das Tagesgeschäft beleben und vielleicht sogar neue Kunden ansprechen. Im Endeffekt würde eine satte Beteiligung für ihn herausspringen.

Ja, dachte er vergnügt, wenn er es sich recht überlegte, durfte sich das liebe Gabilein ruhig noch ein wenig mehr Zeit damit lassen, um die Häuser zu ziehen und ihre Pflichten zu vernachlässigen. Zufrieden grinsend schritt er durch den Verkaufsraum, drehte den Schlüssel im Schloss und riss schwungvoll die Ladentür auf. Der erste Kunde stand bereits davor. Er hatte den Hut tief ins Gesicht gezogen, seine Hände steckten in den Taschen seines Trenchcoats. Als er aufblickte, verflogen augenblicklich alle positiven Gedanken, mit denen sich Friedhelm bis eben bei Laune gehalten hatte. Denn der Kunde war kein Kunde, sondern Polizist.

»Darf ich eintreten?«, fragte Eduard Diehl und trat über die Schwelle, ohne eine Antwort abzuwarten.

»Ja, nein, … – was wollen Sie von mir?«, stotterte

der völlig überrumpelte Friedhelm und taumelte rückwärts in den Laden.

Diehl kniff die Augen zusammen. »Von Ihnen? Sollte ich denn etwas von Ihnen wollen?«

Friedhelm schluckte schwer. »Nein. Das war nur so daher gesagt«, redete er sich mühsam heraus. »Man ist es halt nicht gewohnt, dass am frühen Morgen die Polizei vor der Tür steht.«

Diehl ließ seine skeptische Miene ein wenig aufhellen. »Machen Sie sich keine Sorgen. Ich bin nicht in offizieller Mission hier. Mein Dienst beginnt erst in einer halben Stunde im Präsidium.«

»Ja, na dann. – Sie möchten meine Schwester sprechen, nicht wahr?«

Diehl fiel auf, dass der linkische, dürre Mann nach wie vor angespannt und nervös wirkte. So verhielten sich nach seiner Erfahrung nur Menschen, die etwas zu verbergen hatten und fürchteten, dass man ihnen auf die Schliche kam. Nur was wollte Friedhelm vor ihm verbergen? Möglichst harmlos erkundigte er sich daher, ob Gabriele schon aufgestanden sei und ob er sie kurz sehen könne.

Diese simple Frage löste bei seinem Gegenüber eine regelrechte Panikattacke aus. Friedhelm wedelte wie wild mit dem Armen und gab ihm zu verstehen, dass Gabriele schon in aller Früh gemeinsam mit Sina aufgebrochen sei und wohl so bald nicht zurückkäme. Natürlich interessierte es Diehl, wohin die Frauen unterwegs waren, doch wie er sich denken konnte, wollte Friedhelm das Ziel nicht nennen: »Ich glaube nicht, dass es ihr recht wäre. Gabrieles Geschäfte sind sehr …« Er suchte nach dem passenden Wort. »Sie sind sehr sensibel, vor allem Kundendaten wie Adressen gibt sie ungern preis.«

Diehl schnaufte deutlich hörbar. Wenn er Gabriele jetzt nicht sehen konnte, musste er seinen nächsten Versuch auf den späten Nachmittag verschieben. Denn vorher würde er nicht die Gelegenheit haben, das Büro zu verlassen. Das Kommissariat, ja das ganze Präsidium, war voll und ganz in die Vorbereitungen des Besuchs von Al Gore eingebunden. Die Auflagen, die das State Department für die Visite des amerikanischen Vizepräsidenten gemacht hatten, waren exorbitant. Diehls eigentliche Arbeit kam momentan fast vollständig zum Erliegen. Entsprechend angespannt fühlte er sich. Und ausgerechnet jetzt wollte dieser dünne Hering nicht damit rausrücken, wo seine Schwester steckte! Diehl zügelte seine Ungeduld. Statt weiter nachzubohren, nahm er einen Block und einen Kugelschreiber aus seiner Jacketttasche und notierte eine kurze Nachricht. Er riss den Zettel heraus und reichte ihn Friedhelm. »Würden Sie das bitte Ihrer Schwester geben, wenn sie zurückkommt? Sie möchte mich anrufen. Das obere ist meine Büronummer, das untere die Nummer meines Autotelefons. Meinen Privatanschluss kennt sie sowieso schon. Sagen Sie ihr, sie kann sich jederzeit bei mir melden, auch wenn es schon spät ist.«

Friedhelm nickte und steckte den Zettel hastig ein. Er machte drei Kreuze, als der Polizist endlich wieder gegangen war.

Nachdem Vladi ein spätes Frühstück zu sich genommen hatte, machte er sich in aller Ruhe auf den Weg zur Straßenbahnhaltestelle an der Wölckernstraße. Da es wieder zu regnen begonnen hatte, zog er die Kapuze seines grauen Sweatshirts über den Kopf und schlurfte mit gesenktem Haupt über den Gehweg.

Die Haltestelle war, wie üblich um diese Uhrzeit, stark frequentiert. Frauen mit Einkaufskörben standen neben Männern mit Aktentaschen, Müttern mit Kinderwagen und verspäteten Schülern, die sich einen Spaß daraus machten, sich gegenseitig zu schubsen und damit beinahe auf die Gleise zu stoßen.

Vladi mischte sich unter die Wartenden. Hier würde er niemandem auffallen. Hier war der perfekte Treffpunkt, an dem ihm Spencer einen Umschlag mit dem restlichen, ihm noch zustehenden Geld für den letzten Auftrag zustecken würde. Spencer bevorzugte solche sicheren Übergabemethoden, da er nicht zusammen mit seinen Helfershelfern in Verbindung gebracht werden wollte. Der Ami mied den persönlichen Kontakt mit seinen Mittelsleuten, wo es nur ging. Vladi war das egal, denn die Hauptsache blieb für ihn die pünktliche und vollständige Bezahlung. Mit der Aussicht auf den mit Banknoten gefüllten

Umschlag verflogen auch seine düsteren Gedanken, die er am Vorabend gehegt hatte. Denn letztlich machte er doch nur einen Job wie viele andere. Wo käme man denn hin, wenn man alles bis ins Letzte hinterfragt?

Einen Teil seines Soldes würde Vladi gleich investieren. Im Kaufhof würde er die neue CD von Lenny Kravitz kaufen. Er mochte nicht nur die raue, kratzige Stimme des Sängers, sondern sein ganzes Auftreten: Die lässige, gegen alle Konventionen verstoßende Art ähnelte seiner eigenen Einstellung zum Leben. Und auch äußerlich sahen sie sich nicht unähnlich, fand Vladi.

Drei Straßenbahnen hielten und fuhren wieder ab. Die Menschen um ihn herum kamen und gingen. Nur von Spencer war nichts zu sehen. Das war untypisch. Denn der Amerikaner hielt viel von Pünktlichkeit. Wenn bisher jemand zu spät zu einer ihrer Kontaktaufnahmen gekommen war, dann Vladi. Niemals aber hatte sich Spencer verspätet. Ob ihm etwas dazwischengekommen war?

Vladi sah auf seine Armbanduhr. Der andere war nun mehr als 20 Minuten überfällig. Seltsam.

Nach weiteren zehn Minuten spurtete Vladi über die Straße und holte sich eine Cola bei einem Dönerstand. Dabei ließ er die Haltestelle nicht aus den Augen.

Nochmals ließ er eine Viertelstunde verstreichen, dann hatte er die Nase voll. Mehr wütend als enttäuscht schlurfte Vladi zurück nach Hause. Auf die neue CD von Lenny Kravitz musste er vorerst verzichten, denn er hatte nur noch vier Mark in der Tasche.

16

Weder die Kopfschmerzen noch das Schwindelgefühl ließen nach, während Gabriele und Sina mit wachsendem Unmut ihre aufgezwungene Bleibe untersuchten. Nach genaueren Untersuchungen mussten sie einsehen, dass sie den Raum nicht verlassen konnten. Die Tür war fest verschlossen, außerdem blieben sie durch ihren gestörten Gleichgewichtssinn in ihrer Bewegungsfreiheit beeinträchtigt.

Gabriele zog eine trübe Bilanz von dem, was ihnen bisher widerfahren war: Sie hatten sich von der Aussicht auf ein lukratives Geschäft blenden lassen, hatten ihren gesunden Menschenverstand zu Hause zurückgelassen und waren naiv und unbedarft in eine Falle getappt. Die Falle war zugeschnappt, und wie es nun aussah, ließ sie ihnen keinerlei Schlupflöcher offen. Das wohnliche Ambiente ihres Gefängnisses mochte zwar oberflächlich betrachtet darüber hinwegtäuschen, doch in Wahrheit handelte es sich um nichts anderes als um eine Zelle. Nur dass es statt Gitterstäben und grauen Betonwänden hier Tapeten und Möbel gab. Gabriele zermarterte sich das Gehirn dabei, über die Ziele ihrer Häscher nachzudenken.

Die Fragen danach, weshalb man sie hier eingesperrt hatte und wie lange sie gefangen gehalten werden sollten, wurden zumindest bei Sina zunehmend von dem Interesse daran verdrängt, warum sie sich dermaßen benommen fühlten. Ihr fiel die Sache mit dem Ring wieder ein, worauf sie ein Experiment wagte: Sina setzte sich auf den Fußboden, zog den Ring ab, klemmte ihn zwischen Daumen und Zeigefinger und stellte ihn vor sich auf das glatte Linoleum.

Sobald sie den Ring losließ, begann er zu rollen. Zunächst langsam und schlingernd, dann schneller und schneller. Klirrend schlug er gegen die Fußleiste der Wand, prallte ab und blieb schließlich liegen. Sina sah erstaunt zu. »Das ist komisch«, meinte sie schließlich.

»Komisch ist so ziemlich das letzte Wort, das ich für die Beschreibung unserer Situation verwenden würde«, sagte Gabriele streng, die sich wieder auf einen der beiden Stühle gesetzt hatte.

Sina holte sich ihren Ring zurück, ging mit nach wie

vor schweren Beinen in eine andere Ecke des Zimmers und wiederholte ihren Versuch. Der Resultat war das gleiche: Das Schmuckstück rollte über den Boden.

»Hör doch mit dem Kinderkram auf. Lass uns lieber überlegen, wie wir hier rauskommen!«, schalt Gabriele sie.

Aber Sina ging in ihrem Forschungseifer auf und ließ den Ring aus einer dritten Richtung erneut rollen, bevor sie dasselbe ein weiteres Mal von der Tischplatte und dann von der Sitzfläche ihres Stuhles aus probierte. »Das erklärt einiges«, murmelte sie.

»Sina!« Gabriele sah sie grimmig an. »Was soll der Zirkus?«

Sina setzte sich ihrer Freundin gegenüber und legte ihre verschränkten Arme auf den Tisch. »Der Raum ist schief«, erklärte sie und erntete dafür nur einen fragenden Blick der anderen. Sina holte aus: »Ich habe mal etwas über Verhörmethoden der CIA gelesen und über die Tricks, wie sie ihre Delinquenten mürbe machen.«

»Du meinst Einzelhaft in Dunkelzellen und Übergießen mit kaltem Wasser?« Gabriele erkannte noch immer keinen Zusammenhang mit ihrer Lage.

»Wovon du sprichst, das sind die eher plumpen Mittel. Aber es gibt weitaus subtilere Methoden, die die Opfer nicht durchschauen, unter deren Wirkung sie aber umso mehr leiden.«

Gabriele zog die rechte Braue hoch. »Du willst mir doch nicht erzählen, dass es eine abgefeimte Foltermethode ist, wenn der Maurer einen Fußboden nicht richtig ausbalanciert?«

Sina nickte bedächtig. »Nicht nur der Fußboden ist in diesem Zimmer geneigt. Auch jedes Möbelstück. In dem Bericht, den ich gelesen haben, wurde dieses Verfahren ›Gekippte Welt‹ genannt: Lampe, Tisch, Stühle, Wände – da wurde ein ganz normales Zimmer um zwölf oder 13 Grad gekippt. Diese scheinbar kleine Veränderung hatte große Auswirkungen: Der Sehsinn und der Gleichgewichtssinn liefern ja unterschiedliche Informationen an das Gehirn, und so gerät die Wahrnehmung in einen Konflikt. Denn optisch senkrechte Linien möchte der Körper auch immer als Senkrechte fühlen. Hier ist das nicht der Fall, und der Körper sträubt sich dagegen.«

»Deswegen habe ich so schwere Beine und mir ist ständig schwindelig?«, fragte Gabriele noch immer ungläubig.

»Genau!«, meinte Sina bestimmt. »Man will uns weichkochen. Und dieses Zimmer ist der erste Schritt dazu.«

»Nein«, sagte Gabriele leise. »Es ist schon der zweite Schritt. Denn wenn du recht hast und das alles hier Methode hat, dann war unsere angedeutete Erschießung der Beginn: Eine Scheinexekution gilt ja ebenfalls als bewährte Psychofolter.«

Voll banger Erwartung dachte sie daran, was noch auf sie zukommen würde.

17

Manche seiner Freunde sagten Vladi eine gewisse moralische Flexibilität nach, was sie zumeist auf seine diversen Weibergeschichten bezogen. Denn Vladi konnte zwar ungeheuer charmant und gewinnend sein, wenn es darum ging, ein Mädchenherz zu erweichen. Ebenso gab er sich jedoch kalt und skrupellos, wenn er eine Dame wieder loswerden wollte. Auch wenn es ums Geldverdienen ging, war Vladi ja nicht gerade ein Vorbild an Redlichkeit. Doch – und darauf legte er Wert – er betrachtete sich im tiefsten Inneren als einen gewissenhaften Menschen. Niemals würde er willentlich jemandem anderen Schaden zufügen. Zumindest keinen schweren.

Deshalb ließ seine Wut auf Spencer und die ausgebliebene Zahlung allmählich nach. Stattdessen keimte die Sorge um das Verbleiben des Amis auf, die sich mit seinem schlechten Gewissen gegenüber den beiden, von ihm hinters Licht geführten Frauen vermischte. Alles in allem fühlte er sich zunehmend mies und wusste nicht so recht, was er mit seinen Skrupeln anfangen sollte.

Wenn er die drückenden Gedanken loswerden wollte, dann am besten dadurch, dass er sich jemandem anvertraute. Möglichst jemandem, der helfen konnte. Aber wer sollte das sein? Seine Kumpels konnte er in dieser Beziehung vergessen. Was sollten sie denn tun, was er nicht selbst machen könnte?

Vladi brauchte noch mehr Zeit zum Nachdenken. Damit die Grübelei nicht gar zu eintönig wurde, würde er sich die Zeit mit den neuen Kravitz-Songs versüßen. Weil ihm für die CD aber nach wie vor das Bargeld fehlte, müsste er die Scheibe notgedrungen stehlen. So etwas tat er nicht gern und nur in Notlagen. Dies war eine Notlage, befand er und machte sich auf den Weg zum Kaufhof.

Die gefalteten Papiertafeln, auf denen die Preise der Exponate mit schwungvoller Schrift aufgetragen worden waren, tauschte Friedhelm kurzerhand gegen schlampig angefertigte neue aus. Der Unterschied zu Gabrieles Varianten bestand nicht nur in der Form, sondern vor allem in der Preisgestaltung. Friedhelm hatte sich zu einem vorübergehenden Ausverkauf entschieden, was sich durch heftige Preisstürze bemerkbar machte. Sein Kalkül: Er würde Gabrieles Abwesenheit nutzen, um etliche der alten Ladenhüter an den Mann zu bringen und damit die Kasse klingeln zu lassen. Damit würde er seiner Schwester, die seiner Meinung nach eine miserable Geschäftsfrau war, auf die Sprünge helfen. Denn ein Großteil ihrer Waren blieb viel zu lange in ihrem Bestand und bildete damit totes Kapital.

Wenn es Friedhelm gelänge, wenigstens die Hälfte dieser Staubfänger an den Mann zu bringen, würde das nicht nur einen Batzen Geld einbringen, sondern auch Platz für neue, lukrativere Ware schaffen.

Ja, dachte Friedhelm, am Ende würde seine Schwester ihm wahrscheinlich sogar dankbar sein. Mit sich und seinen Plänen zufrieden wartete er auf den Ansturm der Kunden.

Im Kaufhof benutzte Vladi die Rolltreppe, um in die Multimediaabteilung zu kommen. Wieder trug er seinen Kapuzenpulli, zusätzlich hatte er sich mit einer großen Sonnenbrille getarnt.

Zwischen den CD-Regalen hielten sich heute weniger Kunden auf als sonst. Vladi konnte sich nicht wie geplant unter einen Pulk Jugendlicher schmuggeln und den Trubel ausnutzen, um die CD einzustecken. Er würde umsichtig vorgehen müssen und abwarten, bis Kassierer und Verkäufer abgelenkt waren.

Da er aber auch die nächsten Minuten nahezu der einzige Kunde blieb, war es ihm unmöglich, die CD unbemerkt verschwinden zu lassen. Er legte sich also einen neuen Plan zurecht: Er würde die neue Kravitz für jeden sichtbar aus dem Regal nehmen, damit zur Hörbar gehen und sie sich auflegen lassen. Dann würde er eine Weile den Songs lauschen, abfällig den Kopf schütteln und sagen, dass er die CD zurück ins Regal stellen wollte. Dort würde sie aber nie ankommen, sondern auf dem Weg dorthin unter seinem Sweatshirt verschwinden.

Die ersten Neugierigen blieben schon nach kurzer Zeit vor dem Schaufenster stehen: Zwei ältere Damen, die ihre Zwergpinscher Gassi führten, sahen sich interessiert die umgestaltete Auslage an, stutzten ganz offensichtlich beim Entziffern der Preise und begannen eine gestenreiche Diskussion. Als Nächstes tauchte ein eiliger Geschäftsmann auf, der einen beiläufigen Blick ins Fenster warf, mitten im Schritt stehen blieb und sich verwundert die Augen rieb. Er und die beiden Omas betraten nahezu gleichzeitig das Antiquitätengeschäft.

»Die Silberbrosche aus Ihrer Auslage, die nehme ich!«, sagte der Mann und fügte fordernd hinzu: »Und auch alles andere aus Silber, wenn Sie mir einen guten Preis machen.«

»Das Alpenpanorama holen Sie bitte für mich aus dem Fenster«, sagte eine der beiden Damen.

»Und für mich das Pillendöschen aus Porzellan«, beeilte sich die andere, ihre Bestellung aufzugeben. »Die kleine Vase mit der Emaillerose bekomme ich auch. Mit der liebäugele ich schon lange.«

Friedhelm raffte alles zusammen, umwickelte es mit Packpapier und kassierte mit breitem Grinsen ab. Die Hälfte der Einnahmen legte er in Gabrieles altertümliche Registrierkasse, jeden zweiten Geldschein aber ließ er in seiner Hosentasche verschwinden.

Als Nächstes betrat ein junges Ehepaar den Laden, das sich für einen Bauernschrank interessierte. Friedhelm hatte beim Preisschild eine Null weggestrichen und ihn damit von 2.500 auf 250 Mark reduziert.

»Wir möchten ihn gleich zahlen und holen ihn dann heute Nachmittag mit einem Transporter ab«, sagte der Mann.

»Gern«, antwortete Friedhelm und hielt die Hand auf.

Wie geplant hörte sich Vladi durch die CD, ließ den einen oder anderen Song überspringen und sich die Startnummer ein zweites Mal vorspielen. Dann verzog er den Mund, nuschelte »Nee, ist nicht mein Ding« und wartete ab, bis ihm der Typ am Musiktresen die CD zurückgab.

Vladi schlenderte zum Regal, klapperte die CDs durch und deutete mit einem Handgriff an, dass er die Kravitz-Scheibe dorthin stellte, von wo er sie zuvor entnommen hatte. In Wirklichkeit schnellte die CD mit flinker Geste nach unten und fand ihren Weg unter Vladis Pulli.

Noch eine Weile drückte er sich um die Regale herum, bis er scheinbar gelangweilt die Abteilung verließ. Auf der Rolltreppe schlich sich ein Grinsen in sein Gesicht, während er sich über sein gelungenes Diebeswerk freute. Im Erdgeschoss suchte er die Toilette auf, schloss sich in einer Kabine ein und entfernte mit seinem Taschenmesser den Metallstreifen, der beim Verlassen des Geschäfts einen Alarm auslösen und ihn damit als Dieb entlarven würde.

Guter Dinge schlurfte er noch durch die Parfümabteilung, benetzte seine Schläfen mit einem herben Herrenduft aus einem Probespender und bummelte schließlich zum Ausgang. Er war fast draußen, als sich eine Hand auf seine Schulter legte. Erschreckt zuckte Vladi zusammen.

18

Die Erkenntnis, sich in einem seitlich geneigten Zimmer zu befinden, einer ›gekippten Welt‹, wie Sina es genannt hatte, veränderte die Situation der beiden nicht zum Besseren. Denn die Auswirkungen der Sinnestäuschung konnten sie auch mit dem Wissen über ihre Lage nicht abmildern. Nach den Stunden des Ausharrens und Wartens kamen nun Durst und Hungergefühle hinzu.

Als Sinas Magen unüberhörbar knurrte, stellte Gabriele die Frage in den Raum, ob man sie hier einfach ihrem Schicksal überlassen würde.

»Tja«, gab Sina niedergeschlagen von sich. »Sieht

nicht so aus, als würde uns heute noch jemand ein Drei-Gänge-Menü servieren.«

»Ein Hamburger und eine Portion Pommes würden es vorerst tun«, gab sich Gabriele genügsam.

Dann schwiegen beide Frauen und hingen ihren eigenen, wenig erfreulichen Gedanken nach. Während sich Gabriele an den dünnen Strohhalm klammerte, dass Friedhelm es fertigbrächte, ihnen zu helfen, mutmaßte Sina über die Hintergründe ihrer Entführung. Sie dachte über den Raum nach und zog Parallelen zu dem Fernsehbeitrag über die CIA, in dem sie erstmals von gekippten Welten erfahren hatte. Zum Zeitpunkt des Überfalls auf sie hatten sie sich ja auf amerikanischem Hoheitsgebiet aufgehalten. Konnte sie daraus ableiten, dass sie entgegen ihrer ersten Annahmen noch immer auf dem Truppenübungsplatz festgehalten wurden? In einer Einrichtung der CIA? Aber wie passten die Männer rund um den irischen Bauern dazu? Das waren bestimmt keine US-Agenten!

»Zerbrich dir nicht den Kopf, Kleines«, beendete Gabriele das Schweigen. »Wir kriegen sowieso nicht heraus, warum wir hier gefangen gehalten werden. Jedenfalls nicht ohne einen Hinweis.« Betrübt fügte sie hinzu: »Vielleicht sollen wir es auch gar nicht erfahren.«

»Trotzdem glaube ich nicht, dass die uns einfach unserem Schicksal überlassen«, begehrte Sina auf. »Wozu sollte dann der ganze Aufwand nötig sein? Wenn die unseren Tod wollten, hätten sie abdrücken können, als sie uns aufgegriffen haben. Oder in irgendein dunkles Loch werfen können. Stattdessen setzen sie uns in einen speziellen Raum, der ganz bestimmt nicht billig war. Sie treiben einen Aufwand, der eigentlich nur den Schluss zulässt, dass sie mit uns noch einiges vorhaben.«

»Aber was, zum Kuckuck?«, blaffte Gabriele. »Merkst du nicht, dass wir uns im Kreis drehen mit unseren Vermutungen? Wahrscheinlich sind diese Männer ganz einfach nur Sadisten, die sich einen Spaß daraus machen, uns hier drin zu beobachten, bis wir durchdrehen. Und danach erschießen sie uns trotzdem!«

Sina wollte widersprechen, doch ihr mangelte es an stichhaltigen Gegenargumenten. Gabriele hatte recht: Sie konnten ihre Situation in jede beliebige Richtung interpretieren und waren danach nicht schlauer als zuvor. Ihnen blieb nichts anderes übrig, als abzuwarten und sich ihrer Bestimmung zu ergeben.

Sinas Magen brummte erneut, dabei fing sie Gabrieles skeptischen Blick auf, als es plötzlich dunkel wurde. Die Deckenleuchte war mit einem Mal erloschen, der Raum lag nun in vollständiger Dunkelheit.

»Verflucht! Was soll denn das?«, wetterte Gabriele.

»Ich weiß es nicht. Ich habe vorhin schon überall geguckt: Es gibt keinen Schalter. Das Licht muss jemand von außen abgestellt haben.«

»Schöne Bescherung!«

»Kann man wohl sagen – was machen wir denn jetzt?«

»Wie wäre es mit schlafen?«, schlug Gabriele vor.

»Schlafen? Etwa auf dem Fußboden?«

»Was dagegen? Du bist schließlich ein junger Hüpfer und das Nächtigen auf dünnen Isomatten gewohnt. Ein großer Unterschied ist es sicher nicht.«

Doch Sina mochte sich mit dieser Vorstellung nicht anfreunden. »Ich kann hier nicht schlafen. Außerdem muss ich pinkeln.«

»Ach, Kind, auch das noch. Kannst du nicht noch ein wenig aushalten?«

»Ich halte schon seit Stunden aus.«

»Dann hock dich in die Ecke. Aber bitte in die tiefer gelegene.«

Sina trollte sich schweigend und tastete sich durch die nachtschwarze Dunkelheit.

Sie wurde wach durch das grelle Aufflackern der Deckenlampe und ein gleichzeitig einsetzendes Poltern. Blitzschnell setzte sich Sina auf und erkannte den Iren im Türrahmen. Er trug eine Verletzung auf der Stirn und schien leicht zu humpeln. Doch das tat seiner Gefährlichkeit keinen Abbruch. Ihr stockte der Atem, bis sie das Tablett auf seinen Händen sah. Es war beladen mit einem reichhaltigen Frühstück. Eine Kanne Kaffee verströmte einen verheißungsvollen Duft.

Der Ire stellte das Tablett auf den Tisch und schob einen schmalen Holzkeil darunter, womit er den schrägen Winkel ausglich. Sina beobachtete sein Handeln voller Argwohn, während ihr Körper gleichzeitig einen ungeheuren Appetit entwickelte. Ehe sie eine Frage formulieren konnte, die sie dem Iren stellen wollte, hatte dieser den Raum verlassen und die Tür hinter sich geschlossen.

Gabriele hatte von all dem nichts mitbekommen, sondern schlummerte in unbequemer Lage auf dem Linoleum. Sina musste sie erst wachrütteln, bevor sie ihr von den Neuigkeiten berichten konnte.

Beide verschwendeten keine Gedanken daran, ob das Frühstück mit Betäubungsmittel oder gar Gift versetzt sein könnte, sondern langten mit Heißhunger zu. Sie genossen die knusprigen Brötchen, die sie dick mit Butter bestrichen und noch mehr Marmelade auftrugen. Den Kaffee tranken sie bis auf den letzten Tropfen aus.

Ausgeschlafen und gestärkt fühlten sie sich weitaus wohler als am Abend zuvor. Hinzu kam die neu gewonnene Zuversicht: Das Frühstück interpretierten beide als ein Zeichen dafür, dass man sie am Leben halten wollte. Das wiederum musste einen triftigen Grund haben, überlegte Gabriele. Ihre Peiniger erwarteten offenbar etwas von ihnen. Eine Gegenleistung. Aber wie sollte diese aussehen?

Während sie noch immer den aromatischen Kaffeegeschmack auf den Lippen schmeckte, hatte Gabriele einen Einfall. Es handelte sich um eine fixe Idee, die ihr aber Erfolg versprechend erschien, wenn sie nur glaubhaft genug umgesetzt wurde. Eilig zog sie Sina ins Vertrauen und erklärte: »Wenn der Ire das nächste Mal auftaucht, sagen wir ihm, dass wir seinen Chef sprechen wollen.«

»Was haben wir davon?« Sina war anzusehen, dass sie das für keinen guten Einfall hielt.

»Wir schlagen dem Chef der Bande einen Deal vor: Unsere Freiheit gegen die Information, die sie von uns haben wollen.«

Sina sah sich misstrauisch um. Dann rückte sie sehr nahe an Gabriele heran und flüsterte: »Nur für den Fall, dass hier Wanzen versteckt sind: Mal ganz unter uns – was für Informationen hast du denn?«

»Das weiß ich selbst noch nicht genau«, antwortete Gabriele genauso leise. »Aber wenn wir dem Kopf der Bande erst mal gegenüberstehen, wissen wir hoffentlich endlich, woran wir sind und mit wem wir es zu tun haben.«

»Du willst also bluffen?«

»Ja, Sina, genau das habe ich vor.«

19

Eduard Diehl war extrem genervt. Im aktuellen Mordfall kam die SOKO Klaus keinen Schritt weiter, da die Fahndung nach dem Hauptverdächtigen ins Leere lief. Weder Straßenkontrollen noch die Überwachung des Bahnhofs und des Flughafens hatten zu einem Ergebnis geführt. Der potenzielle Täter schien sich buchstäblich in Luft aufgelöst zu haben. Weitere Energie konnte Diehl auf den Fall wegen der Vorbereitungen auf den Staatsbesuch ohnehin nicht aufwenden. Für ihn persönlich erschwerend kam hinzu, dass der gestrige Tag verstrichen war, ohne dass sich Gabriele gemeldet hatte. Auch von ihrem fadenscheinigen Bruder hatte Diehl nichts mehr gehört.

Als wären der Stress und die Sorgen, die ihn beutelten, nicht schon mehr als genug, musste er sich jetzt auch noch mit einem Kommissar aus dem Dezernat für Kleinkriminalität herumschlagen: Kollege Kleinhans meinte nämlich, ihn unbedingt sprechen zu müssen. Wegen einer Marginalie: Ladendiebstahl.

Seinen zweiten Tag als erfolgreicher Geschäftsmann begann Friedhelm, der sich heute besonders in Schale geschmissen hatte, damit, dass er das Lager entrümpelte. Jedes einigermaßen ansehnliche Stück wurde aus der Versenkung geholt, abgestaubt und in die Nähe des Schaufensters gerückt. Nachdem das geschafft war, setzte Friedhelm seinen gnadenlosen Preiskampf fort. Schon am Abend zuvor hatte er sich etwas Neues ausgedacht, das er von den großen Hi-Fi-Märkten abgeguckt hatte: Er wollte eine Aktion starten! Zwei Antiquitäten zum Preis von einer. Oder besser noch: Jeder dritte Kunde zahlt nur die Hälfte. Oder noch besser: 50 Prozent Rabatt auf alles!

Friedhelm strahlte über beide Wangen. Endlich vertrieb er den Muff aus dem Laden, der viel zu lange von Gabrieles eigenbrötlerischer Art geprägt gewesen war.

»Machen Sie es kurz, Kleinhans«, kehrte Diehl den Chef heraus. »Warum halten Sie einen gewöhnlichen Ladendiebstahl für so wichtig, dass Sie mich damit behelligen?«

Kleinhans, ein Mann von gedrungener Statur, mit blassen Pausbacken und schütterem blonden Haar, wirkte eingeschüchtert. »Ich weiß, dass Sie viel um die Ohren haben, Herr Hauptkommissar. Aber ich meine, Sie sollten sich anhören, was der Ladendieb zu sagen hat. Ein Kaufhausdetektiv hat ihn geschnappt, als er eine CD mitgehen lassen wollte. Ein junger Mann, mehrfach vorbestraft wegen ähnlicher geringfügiger Delikte.«

»Ja, und?« Diehl riss allmählich der Geduldsfaden. »Kommen Sie bitte auf den Punkt, Kollege.«

»Er hat sofort gestanden und nicht eine der üblichen Ausreden benutzt. Ja, er hat uns alles erzählt und wollte gar nicht aufhören zu reden. Bei der ein oder anderen Sache, die er erzählte, habe ich aufgehorcht. Kurz und gut: Dieser Ladendieb weiß vielleicht etwas, das Sie interessieren dürfte.«

Diehl sah seinen deutlich kleineren Kollegen eindringend an: »Zur Sache, bitte!«

Kleinhans beeilte sich nun zu erklären: »Er erwähnte zwei Namen, die mir vage bekannt vorkommen. Ich habe sie später im Computer eingegeben, was mich auf einen Fall brachte, den Sie im letzten Jahr bearbeitet hatten.«

»Welche Namen?« Diehl wurde es plötzlich ganz warm um die Brust.

Kleinhans faltete einen Notizzettel auseinander und las vor: »Doberstein, Gabriele und Rubov, Sina.«

Diehl pfiff durch eine schmale Lücke zwischen seinen Schneidezähnen. »Wie heißt dieser Ladendieb? Haben Sie ihn noch in Gewahrsam?«

Kleinhans nickte dienstbeflissen. »Ja, wir haben ihn hier behalten. Wegen seiner Vorstrafen war das gar kein Thema – ich hatte sogar den Eindruck, als wäre er froh, dass wir ihn gefasst haben. Er nennt sich Vladi.«

Es dauerte nicht lange, bis die ersten Kunden den Laden betraten. Oder vielmehr: stürmten. Offensichtlich hatte es sich seit gestern herumgesprochen, dass bei Antiquitäten Doberstein die Preise kräftig gesenkt worden waren. Strahlend empfing Friedhelm die Kundschaft.

Sein Strahlen büßte allerdings ein wenig an Glanz ein, als ein recht proletenhafter Fettwanst fragte: »Bin ich hier in dem Laden, wo alles verramscht wird? Räumungsverkauf, was? Na, egal. Meine Alte steht auf so antikes Zeug. Da kann ich bei Ihnen bestimmt ein schönes Schnäppchen machen.«

Der Prolet blieb nicht der Einzige. Wie Friedhelm feststellen musste, hatte sich die Klientel der Besucher insgesamt verändert: Während am Vortag neben einigen zufälligen Neukunden vorwiegend Stammpublikum erschienen war, das schon seit längerer Zeit mit dem Kauf des ein oder anderen Exponats geliebäugelt hatte, handelte es sich heute um eine Meute von Billigheimern. Sie gingen grob und wahllos auf die Suche nach den besten Preishits, sodass sich Friedhelm sehr bald vorkam wie auf einem Flohmarkt. Alles wurde angefasst, hochgehoben oder verschoben. Es wurde gefeilscht und verhandelt auf Teufel komm raus. Um manches rare Stück entbrannten gar Kämpfe, die den turbulenten Szenen an Wühltischen eines Sommerschlussverkaufs frappierend ähnlich sahen.

Friedhelm wurde dem Trubel kaum Herr. Schließlich zog er sich hinter seine Kasse zurück und überließ das Feld mehr oder weniger hilflos den Schnäppchenjägern.

Zwar verkaufte er noch weitaus mehr als am Vortrag, doch er kam sich dabei zusehends schäbig vor.

Was er bis vor Kurzem für einen kaufmännischen Geniestreich gehalten hatte, erschien ihm nun wie der Ausverkauf einer langjährigen Familientradition. Was, fragte er sich, würden Mama und Papa davon halten?

Vladi? Als Diehl diesen Namen hörte, ließ er alles andere stehen und liegen, um Kleinhans in dessen Büro zu folgen. Denn dieser Name war ihm durchaus geläufig. Immer wieder hatte er ihn aufgeschnappt, jeweils in Verbindung mit Gabriele und Sina. Er hatte dem bislang nie eine besondere Bedeutung zumessen wollen und ihn lediglich für einen Taxichauffeur gehalten, der wohl ab und zu auch Botengänge und Kurierfahrten für Gabriele übernommen hatte.

Dass Vladi beim Stehlen erwischt worden war, erschütterte nicht gerade Diehls Weltbild, denn das, was er über diesen Jungen wusste, ließ ihn als halbseiden erscheinen. Gleichwohl war er nun brennend daran interessiert, mit ihm zu sprechen und dadurch hoffentlich endlich etwas über Gabrieles Verbleiben zu erfahren.

Der junge Mann saß mit hängenden Schultern im Büro des Kollegen. Er war blass und in sich zusammengefallen, sodass seine abgewetzte Lederjacke, die er über einem grauen Pullover trug, wie zwei Nummern zu groß aussah. Diehl blieb zunächst im Türrahmen stehen, bedachte Vladi mit einem strengen und vorwurfsvollen Blick und gab Kleinschmidt mit knapper Geste zu verstehen, ihn mit dem Häftling allein zu lassen.

Diehl schob einen Stuhl zurück und setzte sich Vladi gegenüber. »Also?« Seine mächtige Bassstimme füllte den kleinen Raum mühelos. »Was haben Sie mir zu sagen?«

Vladi wagte es kaum, den Kommissar anzusehen. Er guckte nur kurz auf und fixierte daraufhin die Tischplatte. »Ich sitze in der Klemme«, nuschelte er.

»Ja, das kann man wohl sagen. Auf frischer Tat ertappt.« Diehl ließ keinerlei Mitleid aufkommen.

»Eine schöne Schande ist das. Wegen einer läppischen CD.«

»Diebstahl bleibt Diebstahl.«

»Ja, aber ich bin vorbestraft, verdammt! Wenn die Anzeige durchkommt, buchtet der Richter mich ein. Dann sitze ich im Knast oder werde abgeschoben, verflucht!«

»So sieht es aus, ja.«

Vladi mahlte mit den Zähnen. Dann nahm er all seinen Mut zusammen und hob den Blick. »Können Sie da nicht was tun?«, fragte er sehr direkt.

Diehl blieb – obwohl innerlich höchst angespannt – gelassen: »Was sollte ich denn tun? Und vor allem: *Warum* sollte ich etwas für Sie tun?«

Vladi atmete stoßartig ein und aus. »Ich weiß doch Bescheid über Sie. Dass Sie hinter der Antiquitätenhändlerin her sind, der Doberstein!«

Diehl spürte, wie sich sein Herzschlag erhöhte. Er

drehte sich um, vergewisserte sich, dass die Bürotür geschlossen war. Danach wandte er sich dem Jüngeren zu: »Damit das von vornherein klar ist«, sagte er scharf. »Ich lasse mich auf keine Spielchen ein. Ich möchte Klartext von Ihnen hören. Was haben Sie mir über Frau Doberstein zu sagen?«

Vladi bekämpfte seine Angstgefühle und begann zu pokern: »Ich könnte Ihnen sagen, wo sie ist und mit wem sie sich getroffen hat.«

»Ein ›könnte‹ reicht mir nicht. Sagen Sie mir, was Sie wissen. Sofort!«

»Nein, so läuft das nicht«, wagte sich Vladi weiter aus der Deckung. »Ich möchte einen Deal.«

»Ich habe doch klar und deutlich gesagt: keine Spielchen!«

»Das ist kein Spielchen. Es ist ein Tausch: Meine Freiheit gegen die Information für Sie.«

»Vergessen Sie das. Wir sind hier nicht in irgendeiner Provinzstation in Hintertupfingen.«

»Nein, ich weiß. Aber ich meine, dass es für uns beide wichtig wäre, wenn wir uns schnell einig werden. Ich habe ein ungutes Gefühl, was Ihre Freundin betrifft.«

Diehl schoss die Zornesröte ins Gesicht. Er musste sich zügeln, den Kerl nicht einfach am Kragen zu packen und die Information aus ihm herauszuprügeln.

Das Ausmaß des Schadens war erst abzusehen, nachdem es Friedhelm gelungen war, die letzten Kunden aus dem Laden zu drängen und das Geschäft frühzeitig zu schließen. Der Verkaufsraum glich einem Schlachtfeld. Die Regale und Schauvitrinen waren weitestgehend geplündert, viele Möbelstücke und Accessoires weit unter Wert verkauft, andere aufs Übelste beschädigt. Vereinzelte Bilder hingen in ramponierten Rahmen an den ansonsten kahlen Wänden, eines war auf den Boden gefallen und mit Fußabdrücken übersät.

Friedhelm hielt sich beide Hände vors Gesicht und seufzte: »Was habe ich getan? Was habe ich bloß getan?«

In seiner Not nahm er einen Besen zur Hand und kehrte den Verkaufsraum. Aber das war mehr eine Übersprunghandlung, denn besser machte er dadurch rein gar nichts. Ihm schwante Böses, als er daran dachte, dass in absehbarer Zeit seine Schwester zurückkommen würde, die ihn in der Luft zerreißen würde. Und mit Recht! Es würde überhaupt keinen Zweck haben, Gabrieles Wut mit Argumenten beizukommen und zu erklären, dass ein radikaler Abverkauf schon lange überfällig gewesen wäre und dass er die Chance für einen Neuanfang in sich barg. Nein, seine Schwester würde ihn ganz sicher gar nicht erst zu Wort kommen lassen. Denn kein noch so triftiges Argument könnte das Desaster schönen und sie gütlich stimmen. Seine einzige Möglichkeit, ihren Zorn abzumildern, sah er darin, ihr die gut gefüllte Registrierkasse zu zeigen. Die vielen Scheine und Münzen müssten Wirkung zeigen und Gabriele erweichen. Denn dem Anblick von größeren Geldsummen hatte sie ja noch nie widerstehen können. Ja, dachte Friedhelm mit langsam einsetzender Erleichterung, ein Batzen D-Mark-Scheine wäre seine Rettung. Er ließ den Besen fallen, ging zur Kasse und riss das Geldfach auf. In Erwartung der satten Tageseinnahmen wollte er mit beiden Händen hineingreifen. Doch die Kasse war leer.

Einer der letzten Kunden musste sie ausgeräumt haben, als Friedhelm damit beschäftigt war, den Ladenschluss einzuläuten.

»Ich weiß, dass es Ihnen in den Fingern juckt, mir eine zu verpassen«, sagte Vladi dem Kommissar direkt ins Gesicht. »Das kann ich absolut verstehen. Aber Sie müssen auch meine Lage sehen. Was habe ich denn sonst für eine Wahl?«

Die Wahl zur Redlichkeit, dachte Diehl grimmig, sprach es aber nicht aus. »Sie wollen also einen Deal?«

Vladi nickte. »Ich will hier raus, ja.«

»Ich kann Ihnen nichts versprechen. Und schriftlich bekommen Sie sowieso nichts von mir.«

»Mir reicht Ihr Wort als Ehrenmann.«

»Haha, sehr witzig.« Diehl streckte seine Hand aus. »Dann schlag ein, du Lump.«

Vladi ließ sich nicht lange bitten. »Gemacht!« Daraufhin begann er sofort mit seinem Bericht. Während Diehl sich Block und Stift griff, erzählte Vladi von dem Auftrag, den er für Spencer ausgeführt hatte. Seine Schilderung fiel sehr genau aus, wobei er seine eigene Rolle allerdings auf die des berühmten kleinen Lichts reduzierte.

Vladi nannte die Oberpfalz und wusste auch, dass es sich um einen besonders geschützten, kaum zugänglichen Bereich handelte, er musste jedoch bei der Frage nach dem exakten Treffpunkt passen. Weiter erwähnte er noch, dass er Spencer nicht erreicht habe und dass er dies als Alarmsignal wertete: »Irgendetwas muss da schiefgelaufen sein. Spencer ist kein Amateur: Wenn er eine Sache durchzieht, dann gründlich. Und er lässt nie einen seiner Leute hängen.«

»Mit anderen Worten«, fasste Diehl zusammen: »Dieser Spencer hat Gabriele Doberstein und ihre Begleiterin mit Ihrer Hilfe in eine Falle gelockt, aus der weder die Frauen noch Spencer selbst wieder entkommen sind?«

»Meine Hilfe war nebensächlich. Wenn ich es nicht getan hätte, dann ein anderer.«

»Lassen wir diesen Aspekt vorläufig beiseite. Stellt sich die Frage: Was war das für eine Falle? Und wer hat sie gestellt?«

Vladi sah den Kommissar aus großen Augen an. »Das weiß ich nicht. Es muss jemand mit dem nötigen Kleingeld für solche Sachen gewesen sein, denn sonst hätte sich Spencer ganz bestimmt nicht dafür hergegeben.«

»Ein geheimer Treffpunkt in der Oberpfalz«, sagte Diehl vor sich hin. Dann hieb er mit der Faust auf den Tisch. »Die Oberpfalz ist nicht unser Zuständigkeitsbereich. Verflixt, das passt mir gar nicht in den Kram!«

Vladi räusperte sich und machte Anstalten, sich zu erheben. »Darf ich jetzt gehen?«

Diehl drückte ihn mit beiden Händen zurück auf den Stuhl. »Sie bleiben ganz brav sitzen. Bevor ich nicht geklärt habe, was an Ihrer Story dran ist, gehen Sie nirgendwo hin.«

20

Die zweite Nacht in der Gefangenschaft erwies sich als noch unbequemer als die erste. Das Schlafen auf dem harten Untergrund forderte seinen Tribut, sodass beide Frauen immer wieder wach wurden und sich schwer damit taten, einigermaßen bequeme Liegepositionen zu finden. Außerdem durchzog ein unangenehmer Geruch das Zimmer, weil sich die Exkremente am Zimmerrand mittlerweile nicht mehr ignorieren ließen. Hinzu kam ihr Körpergeruch, Ausdruck mangelnder Hygiene.

Als das Deckenlicht nach undefinierbarer Zeit wieder aufflammte, hatte sich Gabriele endgültig entschieden, ihren Plan durchzuziehen. Sie wartete darauf, dass ihnen die nächste Mahlzeit gereicht wurde. Statt des Iren kam diesmal ein ihnen unbekannter jüngerer Mann herein und stellte ein Frühstückstablett auf dem Tisch ab. Bevor er den Raum wieder verlassen konnte, sprach ihn Gabriele an: »Sagen Sie Ihrem Boss, dass Sie gewonnen haben. Wir sind bereit zu kooperieren. Ich sage Ihnen alles über unseren Auftrag und die Auftraggeber.«

Sina sah Gabriele bass erstaunt an, auch der junge Wächter wirkte überrascht.

Doch dass die Botschaft angekommen war, erfuhren sie nur Sekunden später: Eine laute klare Stimme, die einem wo auch immer verborgenen Lautsprecher entsprang, verkündete: »Sie dürfen dem Wachmann folgen. Sie werden duschen, neue Kleidung liegt für Sie bereit.«

Gabriele schaffte es das erste Mal seit ihrer Gefangennahme zu lächeln. »Danke«, sagte sie ins Nichts.

Sina aber trat ihr ans Schienbein und zischte: »Was denn für ein verdammter Auftrag? Bist du von allen guten Geistern verlassen?«

Gabriele antwortete laut und auch für jeden verborgenen Zuhörer deutlich vernehmbar: »Es hat doch keinen Zweck mehr, länger Widerstand zu leisten und die Unschuldslämmer zu mimen, Kleines. Wir sind aufgeflogen und müssen zugegeben, für wen wir in Wahrheit tätig sind.«

»Sie spinnt«, plapperte Sina vor sich hin, während sie dem Wachmann nachgingen. »Total durchgedreht.«

Das Duschen tat ihnen gut. Obwohl ihr weiteres Schicksal völlig unbekannt war und zu größter Sorge Anlass gab, genossen sie die heiße Dusche und den blumig-frischen Duft des bereitstehenden Shampoos. Große, weiße Frotteetücher lagen zum Abtrocknen bereit. Die Ersatzbekleidung war schlicht, aber passte ihnen erstaunlich gut. Derjenige, der ihre Kleidergrößen abgeschätzt hatte, verstand etwas von Konfektion.

Aus dem Badezimmer heraus führte sie derselbe junge Mann wie zuvor durch einen sterilen neonbeleuchteten Gang, der so aussah wie Flure in vielen anonymen Büro- oder Verwaltungsgebäuden. Allerdings verfügte er weder über Fenster noch über Oberlichter. Sie gingen um mehrere Ecken und benutzten sogar ein Treppenhaus, begegneten allerdings keiner Menschenseele.

Ihr Ausflug endete schließlich vor einer Tür am Ende eines Flurs. Ihr Aufpasser klopfte an und drückte die Klinke. An seiner Seite betraten sie einen abgedunkelten Raum, in dessen Mitte zwei Stühle standen.

»Bitte. Setzen Sie sich«, ordnete der Wachmann an.

Gabriele und Sina wechselten einen Blick und waren sich einig, seiner Aufforderung nachzukommen. Kaum hatten sie Platz genommen, wurde die Tür hinter ihnen geschlossen. Ihre Augen gewöhnten sich an die abgedunkelte Umgebung, sodass sie bald einen gerafften Vorhang erkannten, etwa zwei oder drei Meter vor ihnen.

»Was soll das?«, wisperte Sina ihrer Freundin zu. »Ist das ein Theater?«

»Das Kasperle wird wohl kaum aufkreuzen«, meinte Gabriele.

Wie auf Kommando öffnete sich der Vorhang. Gebannt sahen die Frauen hin. Hatten sie tatsächlich so eine Art Bühne erwartet, wurden sie nun enttäuscht. Auf der anderen Seite des Vorhangs standen ebenfalls zwei Stühle. Sie waren kaum beleuchtet. Zu erkennen waren lediglich die Silhouetten zweier Personen. Die eine war breit, gedrungen und recht klein. Die andere schlank und aufrecht. Während sich die gedrungene Statur kaum bewegte, beugte sich die andere zu der kleineren herunter, schien zu flüstern und richtete sich danach wieder auf.

Plötzlich erschallte eine lautsprecherverstärkte Stimme, wie Sina meinte, dieselbe wie vorhin in ihrem schiefen Raum: »Willkommen, die Damen. Wir beglückwünschen Sie zu Ihrem Entschluss, mit uns zu kooperieren.«

Gabriele und Sina nickten. Sina fragte: »Wer sind Sie? Mit wem haben wir es zu tun?«

Die Lautsprecherstimme antwortete sofort: »Immer langsam. Zuerst fragen wir Sie: Mit wem haben *wir* es zu tun? Für welchen Geheimdienst sind Sie tätig?«

»Geheimdienst?« Sina sah Gabriele mit schreckgeweiteten Augen an. »Was soll denn dieser Mist? Sind die nicht ganz dicht?«

Gabriele lächelte kühl. »Ganz ruhig, Kleine.« Dann sagte sie laut: »Wir sind entschlossen, unsere Deckung aufzugeben. Aber zunächst müssen wir wissen, welche Organisation unsere Tarnung hat auffliegen lassen.«

Der schmalere Schatten bewegte sich unruhig hin und her. Die Lautsprecherstimme stellte klar: »Sie sind nicht in der Position, Forderungen zu stellen. Offenbaren Sie sich! Ansonsten müssen wir zu anderen Mitteln greifen.«

»Also gut«, sagte Gabriele. »Wir halten die Spielregeln ein, erwarten das Gleiche aber auch von Ihnen.«

»Gabi!«, flüsterte Sina aufgebracht. »Bist du lebensmüde oder was?«

Gabriele spielte ihre Rolle ungerührt weiter: »Wir arbeiten für den Bundesnachrichtendienst, den BND. Wir sind Ihnen nicht feindlich gesonnen.«

In die beiden Schatten geriet erneut Bewegung. Der kleinere, gedrungene Schatten kam dabei mit dem Kopf in den Randbereich eines Lichtspots.

Für Bruchteile von Sekunden erhaschten die Frauen einen Blick auf das Gesicht ihres Gegenübers. Ein Altherrengesicht. Eines, das ihnen beiden bekannt vorkam.

21

Als Friedhelm den Kommissar durch das Schaufenster sah, erfasste ihn die nackte Panik. Er rannte zur Ladentür, um sie eilends zu verschließen, doch Diehl war schneller. In klassischer Manier stellte er seinen Fuß auf die Schwelle und hinderte Friedhelm daran, die Tür zuzudrücken.

»Verflixt!« Friedhelm konnte den Fluch nicht unterdrücken.

»Ja, ja, ich weiß«, sagte Diehl gelassen und schob sich an dem anderen vorbei in den Laden. »Ich habe Ihnen gerade noch gefehlt, stimmt's?«

Friedhelm verpasste der Gipsnachbildung einer griechischen Säule einen Klaps, um Dampf abzulassen. »Verdammt, ja! Wenn Sie es genau wissen wollen:

Mir steht das Wasser bis zum Hals. Und nun noch die Polizei im Haus.«

Diehl blickte sich in dem geplünderten Geschäft um. »Wie ich sehe, haben Sie Ihre Schwester würdig vertreten.«

»Lassen Sie Ihre Witze. Ich habe mir redlich Mühe gegeben, aber nun ist alles verloren.« Kleinlaut fügte er hinzu: »Man hat mich bestohlen. Die gesamten Tageseinnahmen sind futsch.«

»Dann komme ich ja gerade richtig. Möchten Sie Anzeige erstatten?«

Friedhelm sah dem Kommissar misstrauisch in dessen bärtiges Gesicht. »Ich habe doch gesagt, Sie sollen die Witze lassen. Mir ist bekannt, dass Sie für so etwas nicht zuständig sind.«

»Richtig«, sagte Diehl und sah Friedhelm direkt in die Augen: »Ich bin dafür zuständig, Mordfälle aufzuklären und weitere zu verhindern. Ich jage Mörder und solche, die durch ihre Untätigkeit oder Blockadehaltung neue Gewaltverbrechen erst möglich machen.«

»Warum schauen Sie mich dabei so an?«, fragte Friedhelm verunsichert.

»Weil ich Sie für genau diesen Typus von Menschen halte.«

»Was sagen Sie da? Das ist eine Unterstellung!«

Diehls Blick wurde noch intensiver: »Stimmt es denn nicht, dass Sie mir eine wichtige Information vorenthalten? Nämlich die über den Aufenthaltsort Ihrer Schwester?«

»Na und? Mit diesem kleinen Geheimnis werde ich doch nicht zum Mörder.«

»Beihilfe zu Mord ist ebenfalls eine Straftat«, stellte Diehl fest.

»Nun machen Sie mal halblang! Gabriele wickelt ein Geschäft ab, über das sie Stillschweigen bewahren möchte. Ich helfe ihr dabei, dass sie ihr Ding in Ruhe durchziehen kann, ohne dass währenddessen der Laden vernachlässigt wird.«

Diehl sah sich abermals demonstrativ um. »Wie es aussieht, sind Sie zumindest dem zweiten Teil Ihrer Abmachung nicht nachgekommen.«

»Das geht Sie nichts an!«, fauchte Friedhelm, der sich zusehends in die Ecke gedrängt fühlte.

»Und ob mich das etwas angeht!« Diehl machte unvermittelt einen Satz nach vorn und packte den dürren Friedhelm bei den Schultern. »Jetzt ist Schluss mit der Scharade! Sagen Sie mir, wie Ihre Vereinbarung mit Gabriele lautet. Worin besteht Ihre Aufgabe? Wie lange sollen Sie auf ein Zeichen Ihrer Schwester warten, bevor Sie etwas unternehmen?«

Friedhelm schüttelte die Hände des weitaus kräftigeren Kommissars ab und antwortete gereizt. »Vereinbarung? Pah! Wir haben nur lose etwas ausgemacht. Ich bin für Gabi doch sowieso nur der Lückenbüßer, der einspringen darf, wenn sie Besseres vorhat.«

»Was genau haben Sie lose ausgemacht?«

»Na ja, ich sollte hier halt die Stellung halten. Und wenn sie sich nicht zurückmeldet, dann sollte ich …« Friedhelm zögerte. »So ganz genau haben wir das nicht besprochen.«

Diehl lief rot an vor Zorn: »Weichen Sie mir nicht ständig aus! Ich habe den dringenden Verdacht, dass Ihrer Schwester etwas zugestoßen sein könnte oder dass sie zumindest in großer Gefahr schwebt. Ich weiß, dass sie und ihre Begleiterin sich in der Oberpfalz aufhalten. Dass sie dort zu einem geheimen Treffpunkt gelockt worden sind. Von Ihnen will ich gleich und sofort wissen: Wo liegt dieser Treffpunkt?«

»Das weiß ich nicht.«

»Noch so eine Antwort und ich nehme Sie in Beugehaft!«

»Verdammt, wenn Sie Gabriele zurückholen, macht sie mir hier die Hölle heiß!«, wimmerte Friedhelm.

»Die Hölle wird Ihnen so oder so heiß gemacht. Also?«

»Grafenwöhr«, rückte Friedhelm mit der Wahrheit heraus. »Sie sind auf dem Truppenübungsplatz.« Mit bangem Blick fügte er schnell hinzu: »Aber die genaue Stelle kenne ich nicht. Ehrenwort!«

»Harry!« Diehl brüllte den Namen seines Untergebenen, worauf dieser sein Gespräch im Nachbarbüro sofort einstellte und zu seinem Chef rannte. »Gibt es endlich etwas Neues über diesen Ami? Habt ihr Spencer ausfindig machen können?«

»Bedauerlicherweise noch immer nicht«, antwortete Harry betrübt. »Wir waren bei seiner Wohnung, in seinem Büro, beim Appartement seiner Freundin – überall Fehlanzeige. Auch die Nachbarn wissen nicht, wo er abgeblieben ist.«

Getürmt?, fragte sich Diehl. Doch er wusste nur zu genau, dass es ebenso gut die andere Möglichkeit gab: dass Spencer selbst in der Klemme steckte. »Also gut«, brummte er. »Dann richten wir jetzt unsere volle Konzentration auf den Hinweis des Bruders: Wir müssen nach Grafenwöhr!«

»Aber, Chef«, wandte Harry furchtsam ein. »Dies ist kein Mordfall, also nicht unser Ding. Und für die Oberpfalz sind wir schon gar nicht zuständig.«

Diehl warf dem wesentlich jüngeren Harry einen vernichtenden Blick zu: »Besorgen Sie mir sämtliche Unterlagen, die Sie über den Truppenübungsplatz in die Hände bekommen. Und finden Sie heraus, an wen wir uns wenden müssen, damit wir uns dort umsehen dürfen. Machen Sie schnell!«

»Aber …« Harry traute sich nicht, einen zweiten Widerspruch einzulegen. Er trollte sich zurück ins Nachbarbüro und begann zu telefonieren.

Eine Stunde später – Diehl hatte inzwischen seinen fünften schwarzen Kaffee an diesem Tag getrunken, und der Aschenbecher quoll über – legte ihm Harry einen Stapel Fotokopien und Ausdrucke auf den Tisch: Informationen, die er in aller Eile dem zentralen Archiv und dem Polizeicomputer entlockt hatte. Zudem händigte er Diehl eine Liste mit Namen und Telefonnummern aus.

Diehl ließ die Ausdrucke zunächst unbeachtet und las die Liste: »Militärpolizei? Hmm. Die lassen sich bestimmt nicht gern von uns in die Karten sehen. Und hier steht der Name einer Pressesprecherin. Auch nicht das Richtige für unsere Zwecke. Aber da: Verbindungsoffizier Roger Curtis. Bei dem könnte man es versuchen.«

»Soll ich ihn anrufen?«, fragte Harry wenig begeistert, denn wie Diehl bekannt war, stand es mit Harrys Englischkenntnissen nicht zum Besten.

»Nein, nein, lassen Sie. Ich kümmere mich selbst drum.« Dann schob Diehl noch ein Danke nach und schickte Harry aus dem Zimmer. Er wählte die angegebene Nummer, erwischte Curtis auf Anhieb und stellte sich und sein Anliegen vor. Curtis zeigte sich sofort kooperationsbereit und lud Diehl für denselben Tag zu einem Gespräch ein.

22

Diehl interpretierte die Vorschrift, dass das Martinshorn nur bei Gefahr in Verzug einzusetzen sei, zu seinen Gunsten und pflanzte das Blaulicht aufs Dach seines zivilen Dienst-BMWs. Er verließ Mittelfranken und damit seinen Zuständigkeitsbereich über die Berliner Autobahn und kam dank des vor ihm ausweichenden Verkehrs zügig ans Ziel.

Curtis begrüßte ihn in einem Barackengebäude neben der Hauptzufahrt des Truppenübungsplatzes. Wie auch die anderen Männer und Frauen, denen Diehl begegnete, trug Curtis eine in dunkelgrünen Tönen changierende Tarnuniform. Curtis war groß gewachsen, hatte ein breites Gesicht und freundlich interessierte dunkle Augen. Seine kurz geschnittenen Haare waren schwarz, wobei Diehl spontan darauf tippte, dass Curtis sie sich färbte. Denn er hatte die 50 sicher schon überschritten.

Die Männer machten nicht viel Aufhebens um die Begrüßungsfloskeln. Curtis ließ sich kurz Diehls Dienstausweis zeigen und bat ihn in sein zweckmäßig eingerichtetes Büro, dessen auffälligste Komponenten einige Pokale auf einem Regal und die aufgeständerte amerikanische Flagge neben dem Schreibtisch bildeten.

Als wäre es selbstverständlich, eröffnete Curtis das

Gespräch auf Englisch: »Wenn ich Sie richtig verstanden habe, ist die deutsche Polizei auf der Suche nach zwei vermissten deutschen Frauen und einem Mann mit US-amerikanischer Staatsangehörigkeit. Sie vermuten diese drei Personen auf unserem Gelände. Korrekt?«

Diehl bestätigte das. Mit seinen schon etwas eingestaubten Fremdsprachenkenntnissen führte er aus: »Ja, wir gehen davon aus, dass besagter US-Staatsbürger die beiden Frauen unter einem Vorwand ins Sperrgebiet gelockt hat, um ihnen womöglich etwas anzutun.«

»Aha, daher spricht die Mordkommission bei uns vor. Ich verstehe.« Curtis griff zum Hörer seines Telefonapparats. »Wir sollten die MP hinzuziehen.«

Diehl beobachtete gebannt Curtis' weiteres Vorgehen. Vorsichtig gab er zu bedenken: »Die Militärpolizei? Meinen Sie nicht, das wäre verfrüht? Es ist bisher ja nur eine Vermutung.«

Curtis, der den Telefonhörer zwar abgenommen, nicht aber eine Nummer gewählt hatte, nickte verständnisvoll und legte wieder auf. »Sie haben natürlich recht. Nur eine Vermutung.« Er stand auf, drehte sich um und entrollte eine Landkarte an der rückwärtigen Wand. Es handelte sich um eine Gesamtansicht des Übungsgeländes. Curtis fuhr mit seinem Finger über die Randbereiche. »Hier, überall, stehen Zäune. Sie sind zwei Meter hoch, alarmgesichert und tragen Stacheldrahtkronen. Außerdem haben wir Warnschilder aufgestellt. Jedem, der sie liest, muss klar sein, dass unsere Patrouillen scharf schießen. – Glauben Sie wirklich, dass sich die beiden Frauen ausgerechnet bei uns verirrt haben?«

Diehl umrundete den Schreibtisch und begutachtete die Karte. Auch er ließ seinen Finger nun über einen Teil der Begrenzungsmarkierung fahren. »Das Areal ist riesig. Ihre Wachbataillone müssen über eine enorme Personalstärke verfügen, um den gesamten Grenzbereich lückenlos zu kontrollieren. Und der Zaun weist, soviel ich weiß, in dichteren Waldgebieten teilweise Lücken auf.«

Curtis kniff die Augen zusammen. »Auf Zäune verzichten wir nur dort, wo natürliche Barrieren vorhanden sind.« Er ließ seinen Blick über die Karte schweifen. »Wir haben keine Probleme mit Eindringlingen. Jeder weiß, dass es viel zu gefährlich wäre, sich unbefugt in einer militärischen Sperrzone aufzuhalten.«

Diehl pflichtete dem Verbindungsoffizier bei, um gleich darauf anzumerken: »Auch wenn es unwahrscheinlich ist, müssen wir dieser Spur nachgehen. Wir sind dabei auf Ihre Hilfe angewiesen.« Wieder sah er auf die Karte. »Nach dem Wenigen, was wir wissen oder vermuten können, halten sich die drei Vermissten in einem der früheren Dörfer auf. Wahrscheinlich in einem, das im Randbereich gelegen ist.«

Curtis brachte seine Zweifel zum Ausdruck: »Die Ortschaften wurden zerstört, abgetragen, nur einige wenige Reste stehen heute noch als Geisterstädte.«

Diehl hatte ganz andere Vorstellungen: »Ja, aber man hört doch immer wieder, dass Ihre Soldaten in den aufgegebenen Siedlungen Manöver abhalten.«

Curtis winkte ab. »Für militärische Übungen im Häuserkampf wurden neue, künstliche Ortschaften aufgebaut. Die ähneln mehr den Siedlungen im mittleren und nahen Osten als den fränkischen.«

»Ja, aber ist denn wirklich alles weg, was früher einmal hier stand?«

Curtis musste einen Moment nachdenken, bevor er antwortete. »Nicht alles. Zum Beispiel die Ruinen der Kirchen Hopfenohe und Pappenberg. Und Rudimente einiger weniger anderer alter Ortschaften.«

»Welche Ortschaften denn genau?

Curtis trat näher an die Karte. »Hammergänlas und Netzaberg sind nach wie vor in ihren Grundzügen zu erkennen. Und Frankenohe soll relativ gut erhalten sein.«

Diehl horchte auf. »Warum sagen Sie *soll*? Waren Sie noch nicht dort?«

»Nein.« Curtis lächelte wissend. Dann deutete er auf den Bereich der Karte, in dem das kleine Dorf Frankenohe lag. Dieser Bereich war mit einer Schraffur versehen. »Für diesen Sektor habe selbst ich keinen Zutritt. Den haben sich die Special Forces reserviert – die Kameraden sind gern unter sich, wenn sie den Ernstfall proben.«

»Die Special Forces?« Diehl sah zunächst Curtis fragend an, dann blickte er neugierig auf den Wandplan. Wenn er sich recht erinnerte, war eben jener Bereich des Übungsgeländes in allen offiziellen Landkarten, die allgemein zugänglich waren, geschwärzt. Weder Straßen und Wege noch sonstige geografischen Angaben wie Höhen und Landschaftsstrukturen waren abgebildet. Anders auf Curtis' Karte: Zwar verdeckte die Schraffur die Details, aber Diehl konnte deutlich die Konturen des Dorfes Frankenohe erkennen. Außerdem las er aus den umstehenden Symbolen, dass das Dorf an einen Wald angrenzte. Eine nahe gelegene gerade Linie mit Flugzeugsymbol zeigte zudem an, dass der Sektor über einen eigenen kleinen Landeplatz verfügte.

»Sie sehen: Es gibt nicht viele Möglichkeiten, um zwei Frauen und einen Mann bei uns unerkannt verstecken zu können«, meinte Curtis und ließ die Karte wieder hochfahren. »Sie sollten Ihre Suche besser woanders fortsetzen.«

Diehl wollte sich nicht abspeisen lassen. Er hatte das Gefühl, dass sein Gesprächspartner auch enttäuscht gewesen wäre, wenn er sogleich nachgeben würde. Deshalb sah er dem Amerikaner direkt in die Augen. »Von Profi zu Profi: Hand aufs Herz! Sehen Sie eine Chance, dass wir für Frankenohe Zutritt bekommen?«

»Zutritt? Ausgerechnet für Frankenohe?« Curtis verneinte.

»Aber bedenken Sie: Frankenohe ist ein Dorf in einer Randlage, wird als Sondersperrzone nicht von

Ihrer Wachmannschaft kontrolliert und bietet durch die relativ intakte Struktur der Gebäude einen Unterschlupf. Es ist genau das Dorf, das ich suche.«

»Keine Chance.«

»Den Versuch wäre es wert. Können Sie eine Sondergenehmigung beantragen?«

»Nein. Soweit reichen meine Befugnisse nicht.«

Diehl merkte, dass sein Gegenüber allmählich auf stur schaltete. Mit formalen Gesuchen war ihm nicht mehr beizukommen, er musste den anderen daher bei seinem Stolz packen: »Sagen Sie, Curtis: Diese Special Forces mit ihrem Heldenstatus und all ihren Sonderrechten – hätten Sie nicht Lust, denen mal ordentlich in den Hintern zu treten?« Diehl setzte sein überzeugendstes Grinsen auf.

Curtis stutzte zunächst, bewahrte Haltung und begann sogleich zu lachen. Laut zu lachen. »Kommissar Diehl, Sie sind nicht nur hartnäckig, Sie haben auch Humor!«, sagte er prustend. »Sie sind ein guter Mann! A good man!«

23

Das Gefühl für Raum und Zeit verlor sich immer mehr. Sina erwachte und gleich darauf Gabriele mit einem Stöhnen, das von fürchterlichen Rückenschmerzen wegen der unzureichenden Schlafmöglichkeit in ihrer möblierten Zelle herrührte.

Sina benutzte das Campingklo, das man ihnen endlich hingestellt hatte; ihren Anspruch auf ein Minimum an Intimsphäre hatte sie längst begraben. »Wie soll es mit uns weitergehen?«, fragte sie, ohne eine Antwort zu erwarten.

Gabriele raffte sich auf. »Das weißt du doch: Wir kooperieren und geben denen die Informationen, die sie haben wollen.«

»Was redest du da?« Sina wusste nicht, ob sie sich wundern oder sauer sein sollte. »Wir haben keine Informationen, die wir preisgeben könnten.«

Gabriele drückte ihren Zeigefinger auf ihre Lippen. Erst als beide Frauen eng aneinander gerückt auf dem Boden saßen, erklärte sie flüsternd: »Du weißt doch: Wir müssen davon ausgehen, dass wir abgehört werden.«

»Ist mir völlig egal«, meinte Sina, die keine Veranlassung sah, leise zu reden. »Wir haben nichts zu verbergen.«

»Eben doch«, entgegnete Gabriele kaum hörbar.

»Unsere einzige Chance liegt darin, unsere Haut möglichst teuer zu verkaufen. Das gelingt uns aber nur, wenn wir denen weismachen, dass wir eine besondere Funktion haben. Eine wichtige Rolle spielen.«

»Beim BND«, fügte Sina voller Skepsis hinzu. »Die Nummer kaufen die uns nie im Leben ab.«

»Immerhin hat mein Bluff dafür gesorgt, dass wir noch immer am Leben sind.«

Diesem Argument konnte Sina nichts entgegensetzen.

Eine lange Zeit, wahrscheinlich vier oder fünf Stunden, verstrich ereignislos. Dann wurde ihnen Essen serviert, bevor wieder eine zermürbende Phase ohne jegliche Unterbrechung folgte.

Erst als die Frauen schon wieder müde wurden und sich auf eine weitere Nacht auf dem harten kalten Boden einstellten, schlug ihre Stunde: Sie wurden aufgefordert, ihr Gefängnis zu verlassen, und erneut in das abgedunkelte Zimmer geführt, in dem sie bereits einmal gewesen waren.

Aufbau und Anordnung der Situation entsprachen exakt ihrem ersten Aufenthalt in dem Raum: Ihren im gebührenden Abstand sitzenden Gesprächspartner konnten sie auch diesmal weder deutlich sehen noch seine Stimme hören. Das Wort führte abermals ein anderer – und der kam gleich auf den Punkt:

»Wir haben Ihre Angaben verifiziert und konnten sie nicht widerlegen.«

Gabriele atmete hörbar auf. Sina hingegen war bass erstaunt und hielt angespannt die Luft an.

»Sie haben damit eine Schonfrist erwirkt. Diese wird jedoch sehr kurz sein. Wir haben vor, Ihre Angaben mithilfe eines Drogenpräparats zu überprüfen. Wir werden Ihnen ein Wahrheitsserum injizieren.«

Sina stieß Gabriele an. Deren Gesichtsausdruck spiegelte dieselbe Angst wider, die Sina erfüllte.

»Es hat keinen Zweck, sich gegen dieses Verfahren zu sperren. Wenn Sie sich widersetzen, wenden wir Gewalt an und werden Sie …« Der kaum sichtbare Redner wurde von dem anderen Mann im Schatten unterbrochen. Die beiden tauschten einige Worte miteinander, die die Frauen nicht verstehen konnten. Danach erklärte der Sprecher mit unverkennbarem Widerwillen in der Stimme: »Mir wurde angetragen, Ihnen Folgendes zu übersetzen.«

»Übersetzen?«, zischte Sina Gabriele ins Ohr. »Der andere kann kein Deutsch. Wir hatten wohl recht …«

»Still!«, bestimmte Gabriele.

»Ich beginne«, sagte der Mann und beugte sich abermals zum Nebenmann, um dessen Anweisungen aufzunehmen. »Wir möchten klarstellen, dass wir keinerlei Agitation gegen den deutschen Nachrichtendienst planten und planen. Wir möchten ebenfalls feststellen, dass wir die Abwehrstrategien des BND wertschätzen und anerkennen, Sie aber eine unmittelbare Bedrohung unserer Operation darstellen.«

»Was redet der da für eine Sülze?«, flüsterte Sina.

»Hör einfach zu!«, befahl Gabriele.

»Unsere Aktivitäten auf der Insel Usedom wurden von Ihrem Dienst ebenso torpediert wie unser zweiter Anlauf vor einem Jahr mit dem Tarnunternehmen ›Nürnberger Hotel Akademie‹. Beide Male haben Sie damit unser Vorhaben vereitelt, einen atomaren Sprengkopf auf dem Territorium der Vereinigten Staaten von Amerika zu zünden. Ihre Leistung ist anerkennenswert, aber für uns nicht hinnehmbar.«

»Die spinnen«, kommentierte Sina, der Verzweiflung nah. »Total durchgeknallt!«

Diesmal wies Gabriele sie nicht in ihre Grenzen. Im Gegenteil: Sie stand auf und sagte laut und mit klarer Stimme: »Wir haben uns offenbart, Sie haben sich offenbart – lassen Sie uns endlich die letzten Karten aufdecken: Was sind Ihre Gründe für das Attentat?«

Sina blieb mit offenem Mund sitzen und wollte kaum glauben, was der Übersetzer ihnen nach kurzer Rücksprache mitteilte.

Zurück in ihrer Zelle, dem schiefen Raum, hatte Sina das soeben Gehörte noch immer nicht verarbeitet. »Gabi«, sprach sie ihre Freundin eindringlich an und stellte sich dicht neben sie. Flüsternd fuhr sie fort: »Ist dir bewusst, was die uns eben aufgetischt haben? Ich meine – das ist doch der pure Wahnsinn, oder?«

Gabriele seufzte. »Mit Wahnsinn hat das, wie ich

fürchte, wenig zu tun. Es geht um Revanche, um knallhartes Kalkül.«

»Nenn es, wie du willst: Verrückt bleibt es allemal! Soll ich den Übersetzer noch mal zitieren? Von Genugtuung hat er geredet. Und: Das amerikanische Volk hat einen Denkzettel verdient. Dies ist die Quittung dafür, dass es die Leistung seines fähigsten Führers nicht anerkannt, ja sogar geschmälert hat. Dazu sage ich nur: Völlig irrsinnig!«

Gabriele antwortete nicht sofort. »Verabschiede dich von deinen bisherigen Denkstrukturen, Kleines. Wir bewegen uns jetzt in anderen Dimensionen. Was für uns kleine Leute den Anschein einer Wahnsinnstat macht, mag aus anderer Sicht durchaus einen Sinn ergeben.«

Sina sah ihre Freundin entgeistert an: »Aus anderer Sicht? Du meinst, aus der Sicht eines gescheiterten und frustrierten amerikanischen Ex-Präsidenten?«

»Pssst.« Gabriele legte abermals ihren Finger auf die Lippen.

24

Diehl fühlte sich an seine Zeit bei der Bundeswehr erinnert und an die zwiespältigen Erfahrungen seiner Jahre als Zeitsoldat, die er bei den Heeresfliegern in Roth absolviert hatte, bevor er zur Polizei wechselte. Im offenen Jeep-Geländewagen fuhren sie durch das unwegsame Terrain des Übungsplatzes. Curtis hatte ihm den Sitz neben dem Fahrer überlassen, während er selbst auf der schmalen Rückbank Platz genommen hatte.

Zu Diehls Verwunderung war Curtis ohne Umschweife auf seinen vorwitzigen Vorschlag eingegangen und hatte einen spontanen Exkurs in den Sperrbezirk der Special Forces eingeleitet. Der Weg dorthin führte sie durch eine beeindruckende Naturlandschaft, die sich Diehl im Vorbeifahren durch intensive Grüntöne, weite Wiesen und Waldgebiete in unberührtem Zustand einprägten. Die strikte Aussperrung der Zivilisation gereichte der Natur zum Vorschub – wenigstens oberflächlich betrachtet. Denn Diehl wusste durchaus um die unberechenbaren Spätfolgen von Munitionsrückständen, darunter sogar strahlende Substanzen aus uranummantelten, panzerbrechenden Geschossen.

Die Special Forces bereiteten ihnen schon allein deshalb keine Schwierigkeiten, weil sie nicht anwesend waren. Diehl war ebenso überrascht wie offensichtlich auch Curtis, als am Schlagbaum an der einzigen verbliebenen Straße nach Frankenohe nur ein gewöhnlicher Wachsoldat stand, der brav salutierte und die Schranke öffnete.

»It's closed«, sagte dieser noch und stand stramm. Damit meinte er nicht, dass der Sektor geschlossen sei, sondern dass lediglich die Special Forces den Bereich geräumt hätten.

Curtis gab sich verwundert, machte Diehl aber auf die Vorteile dieses Umstands aufmerksam: »Wir können uns – wie sagten Sie? – umschauen. Alles auf den Kopf stellen in dem alten Dorf, wenn Sie wollen.«

»Ja«, sagte Diehl reichlich verwirrt angesichts dieses großzügigen Entgegenkommens. Und doch war ihm schon in diesem Moment bewusst, dass sie nichts finden würden.

Das Dorf lag erstaunlich gut erhalten vor ihnen. Erwartungsgemäß waren zwar die Fassaden vergammelt und einige Dächer eingestürzt. Aber insgesamt blieb die Dorfstruktur gut erkennbar. Diehl überlegte, in welchem Gebäude sie mit der Suche beginnen sollten.

Aufs Geratewohl sah er sich zunächst die Kirche an, deren Turmspitze fehlte und deren verbleibender Rumpf eine bedenkliche Schieflage angenommen hatte. Das Portal war verrammelt, bereitete jedoch den Männern dank mitgeführter Brechstange keine große Mühe, die Bretter beiseitezuschieben. Diehl setzte einen Fuß in das Gotteshaus, nahm die moderig feuchte Luft auf und begutachtete skeptisch die angeschlagenen Pfeiler und das fragile Gewölbe über ihren Köpfen. Aus dem Putz, Mörtel und den vereinzelten Balken, die auf dem Boden lagen, zog Diehl Rückschlüsse auf den baulichen Zustand der Kirche. Hier hielten sich die Gesuchten ganz bestimmt nicht auf, es sei denn, sie waren lebensmüde.

»Also weiter«, entschied Diehl und zeigte auf ein Gasthaus, das gleich gegenüber lag. Auch dieses Gebäude sah einsturzgefährdet aus, doch Diehl wollte nichts unversucht lassen und wenigstens einen kurzen Blick hineinwerfen. Abermals mussten sie zunächst Bretter und Balken aus dem Weg räumen, um ins Innere zu gelangen. Ähnlich, wie es bei der Kirche gewesen war, fehlte hier sämtliches Mobiliar. Die ehemaligen Bewohner hatten bei der Räumung alles mitgenommen, was nicht niet- und nagelfest gewesen war. Auch in diesem Gebäude lagen Schutt und Trümmer über den Boden verstreut. Diehl wagte es nicht, weiter als einen Meter tief in das Gasthaus vorzudringen.

Auf diese Weise klapperten sie die übrigen Häuser der kleinen Siedlung ab. Keines machte den Eindruck, als könnte man sich hineintrauen, ohne Angst haben zu müssen, unter einer einbrechenden Decke begraben zu werden.

Reichlich enttäuscht wandte sich Diehl zuletzt einer Stallung zu, die etwas abseits der Wohngebäude lag.

Es handelte sich um ein Bauernhaus mit angeschlossenem Kuhstall: ein windschiefer Verschlag, dessen Gebälk bei jedem Windstoß ächzte, aber ansonsten einigermaßen in Schuss war.

»Warten Sie, ich mache Licht.« Curtis ließ den Strahl einer Stabtaschenlampe durch den Stall gleiten. Wieder nur klägliche Überreste der früheren Ausstattung, altes Heu und Spinnweben, lang wie Gardinen.

»Ein geeigneter Unterschlupf«, meinte Diehl, dessen Instinkt Alarm schlug.

»Right«, sagte Curtis. »Ein guter Platz, um vor Wind, Wetter und Wachsoldaten Schutz zu finden. – Aber hier ist niemand.« Demonstrativ leuchtete er jeden Winkel des Stalls aus. Damit schreckte er einen Schwarm Fledermäuse auf, die aufstoben und wild flatternd die Flucht ergriffen. Die Männer zogen die Köpfe ein und entschieden sich, die Scheune wieder zu verlassen.

»Warten Sie«, forderte Diehl den anderen auf, als der Taschenlampenstrahl über einen Heuhaufen nahe der Stalltür huschte. Diehl bückte sich und sah sich die Stelle genauer an. »Das Stroh ist eingedrückt, als hätte vor Kurzem etwas darauf gelegen.« Er schob die Halme vorsichtig auseinander und tastete den Boden ab. »Seltsam«, sagte er dann. »Es fühlt sich an manchen Stellen feucht an.«

Curtis deutete auf das im Wind ächzende Dach. »Das wird der Regen gewesen sein. Das Dach ist nicht dicht. Und wahrscheinlich der Kot der Fledermäuse.«

»Wahrscheinlich«, meinte Diehl und erhob sich.

Wenig später beendeten sie ihre Suchaktion in Frankenohe. Curtis, hilfsbereit und zuvorkommend bis zuletzt, brachte Diehl zurück bis zu dessen Auto und drückte ihm die Daumen für die weitere Fahndung nach den Vermissten. Er musste davon ausgehen, dass sich der deutsche Kommissar mit leeren Händen vom Truppenübungsplatz verabschiedete.

Doch damit hatte er sich getäuscht. Diehls linke Jackentasche war gefüllt – mit feuchtem Stroh.

25

Er konnte kaum Schlaf finden in dieser Nacht. Alle halbe Stunde wachte Diehl auf, wälzte sich in seinem Bett, sah auf die Uhr und zwang sich, erneut einzuschlafen. Gegen 5 Uhr in der Früh gab er endgültig auf, zog sich seinen Morgenmantel über und machte sich einen starken Kaffee.

Kurz nach halb sechs kam die Tageszeitung, mit der er sich die restliche Zeit vertrieb, bis er sich wusch, anzog und zum Präsidium am Jakobsplatz fuhr.

Sein Kommissaranwärter war noch nicht im Büro, und so übernahm es Diehl selbst, mit dem Polizeilabor zu telefonieren. Sie könne nicht hexen, knallte ihm eine energisch klingende Kollegin an den Kopf, als er sich nach den Resultaten der Untersuchungen seiner Strohprobe erkundigte.

»Sie haben uns das Zeug erst gestern Abend vorbeigebracht. Was erwarten Sie von uns?«, fragte sie mit unverhohlenem Vorwurf in der Stimme.

»Ergebnisse!«, antwortete Diehl patzig. »Es geht um Menschenleben. Die Sache ist brandeilig.«

»Brandeilig ist in diesem Haus grundsätzlich alles. Also stellen Sie sich gefälligst hinten an.«

»Junge Frau: Wissen Sie, mit wem Sie sprechen?«

»Danke für das Kompliment, Herr Kollege Kripochef. Aber Sie wissen verdammt gut, dass ich genauso alt bin wie Sie.«

»Ich bitte Sie! Können Sie nicht wenigstens einen Anhaltspunkt geben, worum es sich bei der Flüssigkeit handelt. Ist es wirklich nur Regenwasser? Aber woher stammt dann die rötliche Verfärbung? Vom Rost oder Tierkot?«

Sie seufzte. »Gedulden Sie sich, dann bekommen Sie Ihre Fakten. Aber eines kann ich Ihnen schon jetzt sagen. Es handelt sich um Wasser mit geringen Anteilen von Blut. Menschenblut.«

»Oh, verdammt«, stieß Diehl aus.

»Wir analysieren es gerade. In einer Stunde wissen wir, ob es von Männlein oder Weiblein stammt. Eine Kleinigkeit. Was uns größeres Kopfzerbrechen bereitet, sind die anderen Spuren, die wir in dem Stroh gefunden haben.«

»Was denn für andere Spuren?«, fragte Diehl überrascht und verwirrt zugleich.

»Eine eigentümliche Virenpopulation«, antwortete seine Gesprächspartnerin verhalten. »Es ist etwas seltsam und ungewöhnlich. Wir wissen selbst noch nicht, womit wir es zu tun haben.«

Was Sina stärker als die rein äußerlichen Umstände ihrer Gefangenschaft zermürbte, waren ihre Vorstellungen davon, wie ihre Zukunft aussah. Während sie eine Stelle nahe der abschüssigen Wand auswählte, um sich eine Liegeposition für die nächste Nacht zu suchen, lösten sich die letzten Reste ihrer Zuversicht in Luft auf. Hatte sie sich noch bis vor Kurzem an den Strohhalm geklammert, dass die Fremden sie am Leben hielten und mit ihnen sprachen, weil sie sie aus unerfindlichen Gründen für wichtig hielten, kam ihr nun eine ganz andere Möglichkeit in den Sinn. Eine ernüchternde und niederschmetternde Variante: »Gabi!«, rief sie ihrer Freundin zu. Diese reagierte sofort, hockte sich neben sie und lauschte. »Die Typen haben uns viel über sich erzählt. Vieles preisgegeben«, setzte sie an.

»Ja, eine Menge«, pflichtete ihr Gabriele bei. »Wir wissen jetzt, was das Motiv ist, das hinter all dem steckt: Nicht Profitgier, nicht Machtstreben, sondern die dritte starke Antriebskraft für ein Verbrechen: Rache.«

Sina nickte. »Ist es nicht irrwitzig? Der ganze Aufwand, das Geld und die Mühen. Die Bereitschaft, über Leichen zu gehen, im wahrsten Sinne des Wortes. Und all das nur, um Genugtuung zu erlangen?«

Gabriele lächelte schief. »Genugtuung, meine Kleine, kann eine enorme Triebkraft sein. Zumal, wenn sie von einem Mann ausgeht, der bereits alles erreicht hatte in seinem Leben und dann vom eigenen Volk verraten und schmählich vom Thron gestoßen wurde. So jedenfalls sieht er es.«

»Ich kann es immer noch nicht fassen, mit wem wir es zu tun haben.« Sina schüttelte es bei diesem Gedanken. »Ich meine: Immerhin hat dieser Mann das höchste Amt auf diesem Planeten bekleidet. Er war quasi allmächtig.«

»Nicht nur auf diesem Planeten.« Gabriele wirkte für den Moment erheitert. »Vergiss nicht: Er war es auch, der die ersten Menschen auf den Mond geschickt hat.«

»Ja, und nun hat er sich ausgerechnet uns gegenüber offenbart. Er hat seine Maske fallen lassen, seine Beweggründe offengelegt.«

»Aber nur im Gegenzug dafür, dass wir uns als Agentinnen des BND zu erkennen gegeben haben.«

»Was eine Lüge ist«, flüsterte Sina und schloss mit

bangem Blick an: »Ist dir klar, was es bedeutet, dass dieser Mann seine Tarnung uns gegenüber fallen gelassen hat?«

»Nun, ja, ich denke, dass er auf diese Weise mit uns ins Geschäft kommen möchte.«

»Unsinn!« Sina starrte Gabriele intensiv an. »Vergiss deine Geschäfte! Alles, was der alte Mann wollte, war, uns auszuloten. Er wollte wissen, ob wir ihm gefährlich werden könnten. Er dürfte ziemlich schnell zu der Überzeugung gelangen, dass dies nicht der Fall ist. Und dann …«

»Und dann?«

»Dann sind wir tot. Schneller, als wir bis drei zählen können.«

Der Polizeikommissaranwärter kam völlig abgehetzt vom Botengang aus dem Labor zurück: Harrys Gesichtsfarbe war aschfahl, als er seinem Chef das Ergebnis der Blutuntersuchung auf den Schreibtisch legte. Diehl schloss daraus, dass die Blutspuren auf einen weiblichen Ursprung zurückverfolgt worden waren und Harry aus Angst vor der Reaktion seines Chefs so blass war.

Doch das Ergebnis führte eindeutig auf, dass das Blut eines Mannes auf dem Strohballen vergossen wurde. Diehl atmete auf, da er nun wenigstens wusste, dass nicht Gabriele oder Sina in der Scheune verletzt oder getötet worden waren. Allerdings fragte er sich, weshalb Harry so mitgenommen aussah?

»Chef«, sagte dieser unaufgefordert, »unten im Labor ist die Hölle los. Da sind Leute vom Gesundheitsamt und machen alles dicht.«

»Wie? Was? Gesundheitsamt?« Diehl verstand nur Bahnhof.

»Viel habe ich nicht mitbekommen«, erklärte Harry. »Sie sind alle furchtbar aufgeregt da unten. Es muss sich irgendein Infekt ausgebreitet haben. Ich habe keine Ahnung von diesen Dingen, aber es muss etwas Ernstes sein. Da laufen Ärzte in weißen Overalls rum, die denen von unserer Spurensicherung in nichts nachstehen. Inklusive Mundschutz!«

Diehl dachte sofort an die Worte der Kollegin aus dem Labor, die ihm etwas über einen Virenfund in den Strohspuren mitgeteilt hatte. Aber was, um Himmels willen, sollte das bedeuten? Unverzüglich griff er zum Telefon und wählte das Labor an.

Gabriele gab sich redlich Mühe, die Logik in den Worten ihrer Freundin zu knacken, zu brechen oder zumindest zu durchweichen. Denn wenn sie wirklich nur auf ihren potenziellen Gefährdungsgrad hin überprüft worden waren und in Kürze ihrer Exekution entgegensehen sollten, dann war dies ein unerträglicher Gedanke.

Während das Frühstück aufgetragen wurde, ergriff Gabriele daher die Gelegenheit beim Schopf und traktierte den Wachmann mit Fragen: »Wann kommen wir hier raus? Können wir noch einmal mit Ihrem

Chef sprechen? Sagen Sie ihm, wir sind jetzt bereit, mehr über unseren Auftrag zu verraten! Auch ohne Ihr Wahrheitsserum!«

Sina lächelte nur müde, als ihr Aufpasser wortlos den Raum verlassen hatte. »Gib dir keine Mühe«, sagte sie matt. »Mit uns ist es vorbei.« Sie deutete auf das dampfende Rührei. »Vielleicht ist das schon unsere Henkersmahlzeit – versetzt mit Rattengift.«

»Sina!« Gabriele baute sich vor ihrer Freundin auf. »Sei nicht so unerträglich fatalistisch. Noch ist die Schlacht nicht verloren.«

»Nicht verloren? Dass ich nicht lache! Sollen wir zwei Mädels allein in den Krieg gegen eine Großmacht ziehen?«

Gabriele tippte sich mit dem Finger auf die Lippen. »Leise, Kleines«, zischte sie. »Du verwechselst da etwas: Den Krieg gegen die Großmacht USA planen nicht wir, sondern unser Kontrahent. Wir können also eher auf die Hilfe dieser Großmacht zählen, als uns vor ihr zu fürchten.«

»Aber nur, wenn man uns rechtzeitig findet«, kommentierte Sina. »Woran ich große Zweifel habe.«

26

25 Jahre war es her, dass das Virus erstmals bekannt wurde. Es war der Tag, als im hessischen Marburg eine seltsame Epidemie ausbrach: Am 15. August 1967 wurde ein junger Mann in die Universitätsklinik eingeliefert. Er klagte über hohes Fieber, starken Durchfall und trug Pusteln überall am Körper. Die ratlosen Ärzte verabreichten ihm diverse Antibiotika und gaben ihm Infusionen. Doch ihre Therapie schlug nicht an. Nach einer Woche zeigte der Mann Anzeichen geistiger Verwirrung, wenig später fiel er ins Koma. Er lief blau an und blutete aus allen Körperöffnungen inklusive der Einstichstellen seiner Infusionen. Als er wenig später starb, meldeten sich bereits die nächsten Patienten mit ähnlichen Symptomen. Innerhalb kürzester Zeit mussten 28 Frauen und Männer behandelt werden, ab sofort auf Isolierstationen. Sechs von ihnen starben unter höllischen Qualen, die anderen überlebten völlig ausgezehrt und stark geschwächt. Die Suche nach Gemeinsamkeiten aller Opfer brachte an den Tag, dass sie mit Tierversuchen eines Pharmakonzerns betraut gewesen waren: Zu Forschungszwecken hatten die Veterinäre, Laborantinnen und Pharmakologen afrikanische Meerkatzen getötet, um neue Impfstoffe zu gewinnen. Der junge Mann, der das erste Virusopfer abgab, hatte einem der

Äffchen den Schädel geöffnet und das Hirn entnommen. Dabei – so konnte man rekonstruieren – kam er in Berührung mit der Hirnflüssigkeit des Tieres. Bald erhärtete sich der Verdacht, dass die Meerkatzen Überträger einer bis dato unbekannten, tödlichen Virusinfektion waren: nach der Stadt ihres ersten Auftretens Marburg-Virus genannt. Sämtliche Ärztekunst versagte im Kampf gegen diese tückische neue Bedrohung – das Virus entwickelte eine ungeahnte Zerstörungskraft gegen den menschlichen Organismus. Eine weitere Verbreitung war nur durch strikte Isolation zu erzielen.

Diehl hörte sich all diese Informationen mit einem nach außen teilnahmslosen Gesichtsausdruck an. Innerlich aber war er aufgewühlt und zutiefst besorgt, als ihn der Leiter des städtischen Gesundheitsamtes, flankiert von zwei Fachärzten des Nürnberger Nordklinikums, über den Sachverhalt informierte.

»Mit anderen Worten«, sagte Diehl, um das eben Gehörte zu verarbeiten, »unser komplettes Polizeilabor bleibt vorläufig geschlossen? Der ganze Trakt ist unter Quarantäne gestellt, und die Kolleginnen sind auf Isolierstationen untergebracht?«

»Ja«, sagte der Gesundheitsamtschef mit zerfurchter Miene. »Alles spricht dafür, dass das berüchtigte Marburg-Virus im Präsidium eingeschleppt wurde.«

»Weshalb es äußerst wichtig ist, die Kette der Übertragung unverzüglich zu identifizieren und zu durchbrechen«, schaltete sich einer der beiden Ärzte ein.

»Ist es zutreffend, dass die Viren mit einem von Ihnen sichergestellten Beweisstück hierher gelangt sind?«

Diehl hob unschlüssig die Schultern. Bevor er eine überzeugende Antwort formulieren konnte, näherte sich ihm der andere der beiden Ärzte. Zu Diehls Befremden trug er Latexhandschuhe.

»Darf ich?«, fragte der Mediziner und tastete, ohne eine Antwort abzuwarten, Diehls Wangen ab.

»Was machen Sie da?« Diehl entzog sich mit einer energischen Bewegung der ungewünschten Untersuchung.

»Sie sind mit dem Heu doch selbst in Berührung gekommen. Eine Übertragung auf Ihren Organismus ist nicht ausgeschlossen«, erklärte der Arzt ruhig und taxierte ihn dabei genau.

»Na, hören Sie mal: Ich habe weder Fieber, noch Durchfall.« Mit einem entschiedenen Ruck zog Diehl das Hemd aus seinem Hosenbund und entblößte seinen runden weißen Bauch. »Sehen Sie hier irgendwo Pusteln und Ekzeme? Nein! Ich kann Ihnen versichern, dass es mir gut geht!« Verärgert fügte er hinzu: »Außerdem bin ich Profi genug, um Handschuhe zu tragen, wenn ich ein Beweisstück an mich nehme. Es gab keinen Hautkontakt. Wäre das damit geklärt?«

Die drei Männer sahen sich fragend an. Schließlich stellte der Amtsleiter fest: »Wir müssen Sie auffordern, sich unverzüglich im Klinikum einzufinden, sollten sich auch nur die leisesten Anzeichen einer Virusinfektion bei Ihnen einstellen.«

»Ja, verdammt«, entgegnete Diehl ungehalten. »Aber machen Sie sich lieber Gedanken darüber, wie wir an den eigentlichen Virenbrutofen herankommen: Der liegt nämlich auf amerikanischem Hoheitsgebiet, meine Herren.«

Daraufhin blieben Diehls Gesprächspartner sprachlos.

Das weitere Vorgehen entzog sich Diehls Möglichkeiten der Einflussnahme: Er wusste, dass im Folgenden ein Notfallplan greifen würde. Auf ministerialer Ebene würden die Entscheidungsträger Maßnahmen zum Eindämmen der Virusinfektion und zum Verhindern einer Epidemie ergreifen. Das Ganze vorläufig unter Ausschluss der Öffentlichkeit, um eine Massenpanik zu verhindern. Mehrere Ministerien und ihre zugeteilten Behörden würden tätig werden – nur Diehl selbst waren die Hände gebunden: Der Kampf gegen ein Virus war nicht seine Aufgabe.

Seine Aufgabe … – Nachdenklich trat er hinaus auf den Jakobsplatz, wo ihn ein kühler Wind empfing. Er zündete sich eine Zigarette an und schritt grübelnd über das Kopfsteinpflaster. Seine Aufgabe – selbst für diese hatte er weder die Zeit noch die Ressourcen. Denn bis auf Harry waren mehr oder weniger sämtliche Kräfte zum Schutz des amerikanischen Vizepräsidenten abgestellt worden.

Diehl sog an seiner Zigarette, verschluckte sich und schmiss den Glimmstängel auf den Boden. Während er die Glut austrat, wurde ihm die thematische Nähe zwischen den beiden Ereignissen gewahr: das Auftauchen des Marburg-Virus auf einem amerikanischen Truppenübungsplatz und der anstehende Staatsbesuch des Vizepräsidenten. Zufall?

Er hatte noch nie an Zufälle geglaubt! Während in Diehls Kopf die Groschen fielen, dachte er zurück an die Erlebnisse von Gabriele und Sina auf der Ostseeinsel Usedom: Damals hatten sie mit sehr, sehr viel Glück ein atomares Attentat auf New York verhindert, das eine Söldnertruppe mittels einer weiterentwickelten V2-Rakete aus dem Zweiten Weltkrieg verüben wollte. Ein Jahr darauf waren die Frauen abermals mit den gewissenlosen Verbrechern zusammengestoßen und konnten durch ihre Einmischung einen weiteren Attentatsversuch vereiteln. Beide Male waren die Anschläge gegen die Vereinigten Staaten gerichtet gewesen. Ein dritter Versuch mit einer radioaktiven Waffe stand zweifelsohne über den Möglichkeiten der Terroristen – aber ein Anschlag mit einer Biowaffe lag im Bereich des Machbaren.

Diehl merkte, wie ihm bei diesen Gedankenspielen warm wurde. Er zog sein großes, weißes Stofftaschentuch aus der Hosentasche und tupfte sich über die Stirn. Diese war trotz der kühlen Temperaturen feucht geschwitzt.

Lag das bloß an seinen beunruhigenden Überlegungen oder hatte er etwa Fieber?

27

Sie wurden brutal aus dem Schlaf gerissen. Das Deckenlicht blendete sie, als der Ire erst Sina und dann Gabriele am Arm packte, auf die Beine stellte und beide Frauen hinter sich herzog. Der Weg führte sie durch den Flur, den sie bereits kannten. Sie rechneten damit, wieder zum Chef gebracht zu werden – zum Altpräsidenten.

Vielleicht war das eine neue Chance zu verhandeln, dachte Gabriele. Auf Zeit zu spielen. Sina klammerte sich an ähnliche Gedanken, denn im Zeitschinden sah sie ihre einzige Überlebenschance.

Doch die Hoffnungen der Frauen wurden bitter enttäuscht. Statt in das trotz seiner nüchternen Einrichtung immer noch gastliche Studio, in dem sie dem alten Mann gegenübergesessen hatten, schleifte der Ire sie in eine kahle Zelle, die nichts anderes sein konnte als ein Verhörraum. Angstvoll betrachtete Sina einen Stuhl, dessen Armlehnen und vorderen Beine mit verschließbaren Schellen versehen waren. Kam jetzt doch noch das Wahrheitsserum zum Einsatz? Oder die Giftspritze?

»Setzen!«, befahl der Ire und versetzte Gabriele einen derben Stoß.

Angenommen, dass das Marburg-Virus der zentrale Bestandteil einer Biowaffe sein könnte und dass es sich bei den Waffenschmieden um dieselbe Truppe handelte, mit der es Gabriele und Sina schon zweimal zuvor zu tun bekommen hatten, dann fügte sich ein Puzzle zusammen, das Diehl viel lieber zurück in seine Einzelteile zerlegen würde. Denn dieser Zusammenhang, diese Erkenntnis, konnte nichts Gutes verheißen: weder für die beiden Frauen noch für das Ziel des wahrscheinlich schon bald bevorstehenden Attentats.

Diehl saß wieder in seinem Büro. Harry ließ ihn in Ruhe und hielt schon den ganzen Tag über gebührend Abstand zu ihm, wahrscheinlich, weil er Wind von der Sache mit den Viren bekommen hatte und sich nicht anstecken wollte. Diehl konnte das nur recht sein. So störte ihn jedenfalls niemand beim Nachdenken.

Eine Virus-Attacke auf den amerikanischen Vizepräsidenten? Diehl mochte sich mit diesem Gedanken nicht anfreunden. Nicht weil er so abscheulich und heimtückisch war, sondern eher deshalb, weil er ihm schlichtweg zu unwahrscheinlich erschien. Denn, so fragte er sich nach einer nüchternen Abwägung der Faktenlage, was wollen Terroristen normalerweise mit Anschlägen erreichen? Er gab sich selbst die Antwort: eine große, möglichst unverzüglich eintretende Wirkung! Gerade die aber könnte ein Angriff mit dem Marburg-Virus nicht erzielen. Gesetzt den Fall, dass es den Söldnern gelingen sollte, die strengen Sicherheitsvorkehrungen zu durchbrechen, sich dem Vize zu nähern und ihn mit einem virusgetränkten Serum zu besprühen, würden mehrere Stunden, wenn nicht sogar Tage vergehen, bevor sich erste Anzeichen einer Infektion bei dem Opfer einstellen würden. Und selbst dann: Der Vizepräsident würde unverzüglich unter Quarantäne gestellt werden und – wenn überhaupt – ein einzelnes Opfer bleiben. Die Wirkung wäre – im Gegensatz zu einer Atombombenexplosion – gleich null.

Nein, nein, dachte Diehl. Das konnte noch nicht die ganze Lösung sein. Einen wichtigen Faktor musste er bislang übersehen haben. Aber welchen?

Gabriele wurde auf dem Stuhl fixiert. Danach war Sina an der Reihe. Der Ire bekam sie am Hals zu packen und drückte sie brutal an die Wand. Sie röchelte.

»Wir haben Ihre Angaben noch einmal überprüft.« Die Stimme kam aus einem nicht sichtbaren Lautsprecher, beide Frauen ordneten sie jedoch ohne zu zögern dem Übersetzer des Alten zu. »Wir konnten sie nicht verifizieren. Der BND in Pullach ist gut abgeschirmt und schützt seine Agenten. Darin mag der Grund dafür liegen.«

Gabriele atmete auf. »Ja, richtig. Man wird unsere Identitäten nicht preisgeben. Was haben Sie erwartet?«

Die blecherne Lautsprecherstimme erstickte Gabrieles Hoffnungen im Keim: »Um Ihre Aussagen als

Tatsache zu akzeptieren, müssen wir sicherstellen, dass Sie uns nichts vormachen. Nach der Prüfung unserer Optionen sind wir von dem Wahrheitsserum abgekommen. Um einen zeitnahen Erfolg zu erzielen, setzen wir daher auf die altmodische Art: Wir werden Ihrer Bekannten Leid zufügen. Sie, Frau Doberstein, können das Ausmaß dieses Leids in beide Richtungen beeinflussen, indem Sie uns die reine Wahrheit sagen.«

»Wie … was meinen Sie?«, fragte Gabriele alarmiert.

Der Ire erhöhte den Druck auf Sinas Kehle.

»Wir beginnen mit der Amputation des kleinen Fingers«, verkündete die Lautsprecherstimme. »Dies ist ein Zeichen dafür, dass wir es ernst meinen.«

Wie auf Kommando zog der Ire eine Kneifzange aus seiner Tasche.

Während Diehl über den Unwägbarkeiten der diffusen Bedrohungssituation brütete, wurde ihm wieder warm. Zu warm, wie er fand, weshalb er das Thermostat am Heizkörper seines Büros auf null drehte. Doch das half kaum etwas gegen seine Hitzewallungen, sodass er beide Fenster öffnete und frische Luft hineinließ. Was, verflixt, hatte es mit dem Marburg-Virus auf sich? Er stellte sich diese Frage zum x-ten Mal, ohne einer Antwort näherzukommen. Schließlich platzte ihm der Kragen: Notfallplan und Zuständigkeit hin oder her – er musste persönlich etwas unternehmen. Und zwar unverzüglich!

»Harry!«, brüllte er, woraufhin sein Assistent den Kopf durch den Türrahmen schob, es aber tunlichst vermied, die Schwelle zu überschreiten. Diehl ärgerte das hasenfüßige Auftreten des jungen Kommissaranwärters, doch angesichts seines nachlassenden Wohlbefindens brachte er ein gewisses Maß von Verständnis für Harrys Vorsichtsmaßnahmen auf. Im Befehlston ordnete Diehl an: »Suchen Sie mir die Nummer des Verbindungsoffiziers raus. Ich will Curtis noch einmal sprechen. Vielleicht können wir mit seiner Hilfe irgendetwas tun.«

Harry machte nicht den Eindruck, als sei er besonders scharf darauf, tiefer als unbedingt nötig in die Sache mit den Amis und den Viren hineingezogen zu werden. Dennoch nickte er dienstbeflissen und verschwand wieder im Nachbarbüro.

Während Diehl auf das Zustandekommen des Telefongesprächs wartete, wischte er sich mit der flachen Hand über die Stirn. Sie war immer noch heiß und schweißnass.

»Nein!« Sinas Schrei war gellend.

Auch Gabriele starrte angsterfüllt auf das Werkzeug in den Händen des irischen Bauern, der die Zange mit hämischem Grinsen auf- und zuschnappen ließ.

Sina bemühte sich, ihre Hände hinter ihrem Rücken zu verbergen. Doch der bullige Mann packte ihren rechten Arm und riss ihn nach vorn. »Nein! Bitte nicht!«, schrie Sina erneut.

»Hören Sie auf!«, rief nun auch Gabriele. »Wenn Sie uns Angst machen wollen, haben Sie das geschafft. Aber legen Sie jetzt die Zange weg!«

Der Ire scherte sich nicht darum, sondern nahm Sinas Hand fest in seine Pranke. Mit der anderen versuchte er, die Zange an ihren kleinen Finger heranzuführen. Sina wehrte sich, indem sie zappelte und nach ihm trat.

»Hören Sie auf!« Gabrieles Ton nahm etwas Beschwörendes an. »Wir tun alles, was Sie von uns verlangen. Aber verstümmeln Sie nicht meine Freundin!«

»Das ist der einzige Weg«, meldete sich die Lautsprecherstimme.

»Nein!« Sina begann zu wimmern, als sie einsehen musste, dass sie dem Iren kräftemäßig weit unterlegen war. Ihre Abwehrversuche wurden schwächer.

»Das darf nicht sein!«, flehte Gabriele, der es das Herz zerriss, das Leiden ihrer Freundin mit ansehen zu müssen. »Es muss einen anderen Weg geben! Sagen Sie Ihrem Schlächter, er soll damit aufhören!«

»Wir müssen die Wahrheit erfahren«, schallte es aus dem verborgenen Lautsprecher. »Wir müssen Ihren Willen brechen.«

»Tut mir leid Chef.« Harrys Kopf war wieder im Türrahmen erschienen. »Ich bekomme Curtis nicht an die Strippe. Er ist beim besten Willen nicht aufzutreiben.«

»Was heißt das?«, fragte Diehl gereizt, denn die unpräzisen Angaben seines Gehilfen gingen ihm gegen den Strich. »Ist er in einer Besprechung oder was?«

»Im Urlaub«, sagte Harry. »Kommt frühestens in drei Wochen zurück.«

Urlaub? Diehl glaubte, nicht richtig gehört zu haben. »Der kann doch jetzt nicht in den Urlaub fahren! Davon hat er keine Silbe erwähnt.«

»Sorry, Chef, aber ich glaube nicht, dass ein amerikanischer Offizier Ihnen gegenüber Rechenschaft über seine Urlaubspläne ablegen muss.«

Harry fing sich für diese Spitze einen bitterbösen Blick seines Vorgesetzten ein. »Es ist vollkommen absurd, dass jemand in der hierarchischen Stellung von Curtis in einer solchen Situation Urlaub macht. Allein schon wegen des Staatsbesuchs müsste am ganzen Standort eine Urlaubssperre gelten, ganz zu schweigen von der Sache mit dem Virus. – Da stimmt etwas nicht.«

Harry zuckte die Schultern. »Was soll ich dazu sagen? Ich kann nur wiedergeben, was ich in Erfahrung gebracht habe.«

»Ja, ja, schon gut!« Diehl winkte Harry aus dem Raum. Nach dieser Nachricht fühlte er sich noch mieser. Er atmete tief durch, fühlte seine verstopfte Nase und holte sein Taschentuch hervor, um zu schnäuzen.

Als er es wieder wegstecken wollte, bemerkte er eine dünne rote Spur. Diehl zuckte zusammen, als ihm gewahr wurde, dass er Nasenbluten hatte!

»Doch, es gibt eine Alternative!« Gabriele brüllte den Satz heraus. Sie hinderte den Iren damit im letzten Augenblick, mit der Kneifzange zuzuzwicken – Sinas Finger klemmte bereits zwischen den Klingen. »Ich werde Ihnen alle Kontakte nennen, die Sie benötigen. Sie können mich an einen Lügendetektor anschließen, um die Daten zu überprüfen. Dann wissen Sie, dass ich die Wahrheit sage!«

Das sadistische Grinsen im Gesicht des Iren verschwand, als er fragend nach oben sah. Offensichtlich wartete er auf die nächste Anweisung.

Zunächst blieb es ruhig. Nur Sinas Schluchzen durchbrach die Stille.

Gabriele untermauerte ihr Angebot, indem sie erklärte: »Die Technik ist heute weit vorangeschritten. Lügendetektoren sind hoch zuverlässig und spucken ihre Ergebnisse sofort aus.«

Eine unerträglich lange Pause folgte, in der eine Reaktion der Lautsprecherstimme ausblieb. Der Ire wurde unruhig. Man sah es ihm an: Zu gern würde er seine Neigungen ausleben und den Finger abtrennen.

»Wenn Sie meine Freundin verstümmeln und mich damit zu einer Aussage zwingen, ist diese mir unter Druck abgepresst worden und nicht verlässlich. Nur ein Detektor verschafft Ihnen Gewissheit!«, rief Gabriele ins Leere.

Dann, endlich, füllte wieder die Lautsprecherstimme den Raum: »Wir gehen auf Ihren Vorschlag ein.« Gabriele und Sina atmeten gleichzeitig aus. »Sie werden zurück in Ihr Zimmer gebracht«, ordnete die Stimme an. »Dort warten Sie, bis alle Vorbereitungen getroffen sind.«

Als sich die Frauen anschickten, den Verhörraum zu verlassen, gab der Ire Sina einen groben Schubs gegen die Schulter. Sina stürzte, woraufhin der Ire der am Boden Liegenden noch einen Fußtritt in den Bauch verpasste.

»Freu dich nicht zu früh, du Schlampe!«, fuhr er sie an. »Ich kriege dich schon noch.«

28

Diehl konnte es weder sich selbst noch seinen Mitmenschen gegenüber verantworten, die Zeichen zu negieren. Er musste verantwortungsvoll handeln – und das bedeutete eine Selbsteinweisung ins Nordklinikum.

Er passierte die Hauptpforte und schritt mit gesenktem Kopf durch den weitläufigen Krankenhauskomplex, der auf ihn kalt, abweisend und insgesamt schon sehr in die Jahre gekommen wirkte. Als er sich in der Notaufnahme meldete, wurde er umgehend in einen separaten Warteraum geschickt, wo er die nächsten 20 Minuten allein verbrachte. Viel Zeit, um seinen düsteren Gedanken nachzuhängen.

Der Arzt, der sich seiner annahm, trug Latexhandschuhe und Mundschutz.

»Dr. Mertins – Ihre Beschwerden?«, erkundigte er sich, während er Diehl einer ersten, äußerlichen Untersuchung unterzog.

»Erkältungssymptome«, antwortete Diehl. Er machte die Brust frei, damit der Doktor sein Stethoskop aufsetzen konnte. »Außerdem Hitzewallungen, Schweißausbrüche und Nasenbluten.«

»Nasenbluten?« Der Arzt unterbrach das Abhören seines Patienten. Er nahm eine winzige Taschenlampe aus seinem weißen Kittel und forderte Diehl auf, seinen Kopf in den Nacken zu legen. Er leuchtete ihm in die Nasenlöcher. »Mmmh«, gab der Arzt von sich.

»Ist es ...«, Diehl unterbrach sich selbst, weil sich beim Reden ein Kloß in seinem Hals bildete. »Ist es das Marburg-Virus?«

Dr. Mertins antwortete nicht gleich, sondern setzte seine Untersuchung fort. Als Nächstes hörte er die Lunge vom Rücken aus ab. Diehl musste dazu mehrmals tief ein- und ausatmen. »Wissen Sie«, setzte der Arzt schließlich an, »das erneute Auftauchen dieser Filoviren hat uns ziemlich schockiert. Darauf waren wir nicht vorbereitet.«

»Na, Sie machen mir Mut«, sagte Diehl knapp.

Dr. Mertins ging dazu über, Diehls Blutdruck zu messen. »Dabei sind diese Erreger absolut keine raffinierten Organismen. Ganz so wie die meisten anderen Viren ist der Marburg-Typus ganz einfach aufgebaut und besteht im Prinzip nur aus einem einzelnen Strang Erbmaterial. Das Virus hat keinen Stoffwechsel, bewegt sich nicht, ja, es ist genau genommen nicht einmal ein richtiges Lebewesen. Erst in den Zellen eines fremden Körpers kann es sein Todeswerk entfalten: Die Viren vermehren sich mit ungeheurem Tempo und befallen Nieren, Leber, schließlich den gesamten Blutkreislauf. Am Ende, wenn das Opfer im Sterben liegt, scheinen sich die Viren einen Weg ins Freie bahnen zu wollen. Sie stecken dann in allen Körperflüssigkeiten, im Blut genauso wie im Urin und den Tränen. Sogar der bloße

Hautkontakt mit Infizierten kann zu diesem Zeitpunkt ausreichen, um die Krankheit zu übertragen.«

»Dann sollten Sie besser Abstand von mir halten«, sagte Diehl.

Dr. Mertins schüttelte kaum merklich den Kopf und begann nun damit, eine Spritze für die Blutabnahme vorzubereiten. »Für die Virologen bietet sich ja auch eine Chance«, setzte er seinen Exkurs fort, »denn die Krankheit birgt noch sehr viele Rätsel. Bis heute weiß niemand, woher das Marburg-Virus ursprünglich kam, weshalb es so plötzlich über seine Opfer hereinbrechen kann und wohin es sich danach wieder zurückzieht. Der letzte bekannt gewordene Fall stammt aus dem Jahr 1987: Ein 15-jähriger Bube aus Dänemark war während einer Kenia-Reise in eine Höhle geklettert, um nach Bergkristallen zu suchen. Wenige Tage danach starb er blutend und von Fieber geschüttelt. Die Höhle und alles Getier dort drin wurden untersucht. Aber die Versuche, das Nest der tückischen Viren ausfindig zu machen, scheiterten.«

»Wie gut, dass Sie jetzt mich haben«, sagte Diehl mit Galgenhumor. »Ich stelle sicherlich ein ergiebiges Versuchskaninchen für Sie dar.«

Dr. Mertins ging nicht darauf ein. Er suchte sich eine gut durchblutete Vene und stach die Kanüle in Diehls Arm. »Wir behalten Sie vorerst hier. Sie bekommen ein hübsches Zimmer auf der Quarantänestation.«

Zu seiner ungemeinen Erleichterung verfügte sein Einzelzimmer über Telefonanschluss. Kaum hatte ihn die Krankenschwester, die ihn hergebracht hatte, allein gelassen, griff er zum Hörer und wählte die Nummer des Präsidiums.

»Chef?«, meldete sich Harry und klang besorgt. »Hat man Sie krankgeschrieben?«

»Das ist eine ziemlich harmlose Formulierung. Ich sitze hier vorerst fest. Einzelzelle, wenn Sie verstehen, was ich meine.«

»Oh, dann kommen Sie heute nicht mehr zum Dienst?«

»Nein, mein Lieber, aber freuen Sie sich nicht zu früh. Anweisungen kann ich nämlich auch vom Krankenbett aus erteilen. Ich möchte, dass Sie einige Dinge für mich erledigen.«

Harrys Reaktion fiel wenig begeistert aus, als ihm Diehl eine Liste von Aufgaben diktierte, die er so schnell wie möglich zu erledigen hätte. Viele unangenehme Pflichten befanden sich darunter, unter anderem die, dass Harry sich voll und ganz in die Vorbereitungen des Staatsbesuchs stürzen sollte und gleichzeitig die aktuellen Fälle nicht aus den Augen verlieren dürfe. Diehl verlangte von ihm einen Rund-um-die-Uhr-Einsatz und gab ihm nebenbei noch zig Kleinigkeiten mit auf den Weg, die er zu übernehmen habe. Doch Harry schrieb alles brav auf, was von ihm verlangt wurde und stellte keine dummen Fragen. Nur eines wollte ihm nicht in Kopf: »Warum soll ich denn Kontakt zu einem Piloten aufnehmen?«

»Fragen Sie nicht, tun Sie es einfach!«, befahl Diehl.

Harry blieb beharrlich: »Sorry, Chef, aber ich muss ein wenig mehr über die Hintergründe wissen, wenn ich den Mann anrufe. Was soll ich ihm denn sagen?«

»Okay«, brummte Diehl. »Der Pilot Klaus Huber trat zuletzt im Goldschmuggelfall vom vergangenen Jahr in Erscheinung. Sie erinnern sich? Huber wurde von Gabriele Doberstein und Sina Rubov angeheuert, um ein anderes Flugzeug zu verfolgen, das einen der Hauptverdächtigen dieser Affäre an Bord hatte. Ich habe Huber im späteren Verlauf der Ermittlungen verhört und ihn als ungewöhnlich couragierten, wenn nicht sogar draufgängerischen Mann in Erinnerung behalten.«

»Ja – und?«

»Sie sollen Kontakt zu ihm aufnehmen, damit er sich für uns bereithält.«

»Aber was sollen wir denn mit einem Privatflieger? Wir können jederzeit den Polizeihubschrauber anfordern, wenn wir Unterstützung aus der Luft benötigen.«

»Überlassen Sie das mir, Harry. Stöbern Sie Huber auf und sagen Sie ihm, dass er sich für uns zur Verfügung halten soll. Verstanden?«

»Verstanden«, kam es zögerlich zurück.

Als Diehl aufgelegt hatte, fiel ihm die Stille auf, die in seinem Krankenzimmer herrschte. Die Tür zum Flur schloss so dicht, dass kaum ein Geräusch aus dem Gang bis zu ihm hinein drang. Da die Fenster geschlossen waren, gelangte auch kein anderes Geräusch wie Vogelgezwitscher oder das Stimmengewirr von Passanten an sein Ohr. Nicht einmal ein Piepen oder Surren medizinischer Apparate gab es, denn Diehl war an keiner dieser Apparaturen angeschlossen.

Die drückende Stille verstärkte das Gefühl der Isolation, das Diehl mehr und mehr bewusst wurde und in ihm den Eindruck des Ausgeliefertseins erweckte. Mehr oder weniger hilflos musste er in der Abgeschiedenheit des Krankenzimmers der Dinge harren, die da kommen mochten. Er musste tatenlos erdulden, wie der tödliche Virus seinen Körper in Besitz nahm und ihn nach und nach auszehrte.

Dass der blasse Dr. Mertins ihm helfen konnte, glaubte er nicht. Diehl war für ihn nichts weiter als ein Anschauungsobjekt, an dem er den Verlauf einer seltenen Krankheit studieren konnte. Die bislang recht geringen Schutzvorkehrungen, die der Arzt gegen eine Selbstansteckung traf – bloß Mundschutz und Handschuhe – sollten Diehl über den Ernst der Lage hinwegtäuschen. Ja, dachte er verbittert, sobald die Infektion weiter vorangeschritten war und die Viren damit begannen, seinen Körper zu verlassen, würde Mertins hier nur noch im Vollschutzanzug auftauchen. Wenn überhaupt!

Es war zum Haareraufen! Denn während Diehl ans Bett gefesselt blieb, schwebte Gabriele weiterhin in Lebensgefahr! Ihm blieb nichts anderes übrig, als ihre Rettung seinem Kommissaranwärter zu überlassen: Harry – ausgerechnet dieses Weichei Harry! Diehl mochte gar nicht daran denken, denn dann wurde ihm sofort bewusst, wie viele wichtige Jobs Harry in den letzten Monaten bereits vergeigt hatte. Er war und blieb eine unzulängliche Hilfskraft und würde niemals das Gespür entwickeln, das man benötigte, um ein guter Kriminaler zu sein. Doch der Öffentliche Dienst förderte durch seine verkrusteten Strukturen und die geringe Bedeutung der Leistungsstärke die Integration solcher Nullnummern, die ihm im Endeffekt mehr Arbeit machten als ihm abzunehmen.

Diehl seufzte und griff zu einem Pillendöschen, das neben ihm auf dem Nachttischschränkchen stand. Es enthielt ein Schlafmittel. Eine Krankenschwester hatte es ihm hingestellt und ihm geraten, die Tabletten zu verwenden, wenn ihm danach sei. Denn viel Schlaf würde ihm guttun. Angesichts seiner depressiven Stimmung schluckte Diehl gleich zwei der Pillen und spülte mit einem Schluck Wasser nach.

Dann streckte er sich auf seinem Bett aus und schloss die Augen. Nur Ruhe konnte er nicht finden. Die nächsten beängstigenden Gedanken jagten durch seinen Kopf: Diesmal kreisten sie um den

Besuch des amerikanischen Vizepräsidenten und seinen vagen Verdacht, dass das plötzliche Auftauchen des Marbug-Virus in einem direkten Zusammenhang mit dem Staatsbesuch und mit dem Verschwinden der beiden Frauen stand. Dass es zu einer unheilvollen Fortsetzung der geplanten Verbrechen von Peenemünde führen könnte.

Ein wichtiges Schlüsselelement fehlte ihm jedoch nach wie vor, um diesen angenommenen Zusammenhang zu bekräftigen und die Behörden überzeugen zu können, unverzüglich aktiv zu werden. Diehls Gedanken kreisten um die zentrale Frage, auf welche Weise dem Vizepräsidenten oder gar seinem Land mit dem Marburg-Virus Schaden zugefügt werden könnte. Wie sollte die Verteilung der Viren funktionieren, wie eine Infizierung gewährleistet werden? Dieses Puzzleteil zu finden, oblag nun ebenfalls Harry. Diehl befürchtete, seinen unsicheren Helfer damit hoffnungslos überfordert zu haben.

Schließlich entfalteten die Pillen ihre Wirkung. Diehl wurde vom Schlaf übermannt.

29

Zurück in ihrem Quartier war beiden Frauen klar, dass sie ihr allerletztes Ass ausgespielt hatten. Einen weiteren Aufschub würden sie nie und nimmer erwirken können. Ihnen blieb nur die geringe Zeitspanne, die vonnöten war, einen Lügendetektor zu installieren, um sich einen Ausweg zu suchen.

Doch dieser Ausweg konnte nur auf eine Art und Weise gefunden werden: »Durch Flucht!«, sprach Sina aus, was beide dachten.

Gabriele presste demonstrativ ihren Zeigefinger vor die Lippen, nickte dabei jedoch. »Du hast vollkommen recht, Kleine«, flüsterte sie. »Wir müssen uns schleunigst eine Möglichkeit suchen, die uns hier rausbringt.«

»Am besten wäre eine Waffe«, sagte Sina spontan, wusste nach den vielen Stunden, ja Tagen in ihrem Verlies allerdings selbst am besten, dass es in dem überschaubaren Raum keinerlei Gegenstände gab, die sich zu einer einigermaßen brauchbaren Waffe zweckentfremden ließen.

Trotz dieser Erkenntnis untersuchten sie eingehend die spärliche Möblierung und prüften sie auf ihre Funktionalität, um damit zu schlagen, zu stechen oder zu werfen. Doch der Tisch war ebenso wie die beiden Stühle am Boden fixiert, was wohl in erster Linie dazu diente, auf dem schiefen Boden nicht wegzurutschen. Es gab auch nichts anderes, das sich abbrechen oder losreißen ließ. Nur das Campingklo ließ sich anheben, aber es bestand aus Kunststoff und wies bloß abgerundete Kanten auf. Es eignete sich weder als Wurfgeschoss noch als Hiebwerkzeug.

»Ist es nicht zum Mäusemelken?«, ärgerte sich Sina und hätte am liebsten ganz andere Flüche ausgestoßen. Ihre Blicke fielen jetzt auf ihre Freundin, die das Plastikbesteck ihres Frühstücks auf seine Bruchfestigkeit überprüfte und es schon beim ersten Versuch in zwei Hälften teilte. »Wir sind den Kerlen auf Gedeih und Verderb ausgeliefert. Und du hast die Sache mit deinem BND-Gefasel sogar noch schlimmer gemacht!«, fuhr Sina ihre Freundin an.

Gabriele reagierte auf die plötzliche Verlagerung von Sinas Wut auf sie, indem sie beschwichtigend die Hände hob: »Ein Streit ist das letzte, was wir brauchen können. Ich habe uns Zeit verschafft, die wir nutzen sollten.«

»Wie denn?« Sina schrie jetzt und nahm keinerlei Rücksicht mehr auf mögliche Abhöranlagen. »Das ist doch zum Verrücktwerden! Wir sehen dem Tod mit offenen Augen entgegen und können ihm nicht ausweichen!« Mit aller Kraft trat sie auf den Boden und riss gleichzeitig den Kopf nach oben. »Es ist eine himmelschreiende Ungerechtigkeit!«

Sina verharrte in der Bewegung und verstummte. Auch Gabrieles Blicke wanderten nun nach oben –

zur Deckenbeleuchtung. Die wenig schöne Zimmerlampe baumelte an einer Schnur von der Decke, die Birne steckte in einer freiliegenden Fassung. »Denkst du auch, was ich denke?«, fragte Gabriele, und neue Hoffnung keimte in ihr auf.

»Stromschlag«, gab Sina flüsternd zurück.

Sekunden später waren die Frühstücksreste beiseitegeräumt. Sina stand auf dem Tisch und reckte sich nach der Lampe, während Gabriele sie an den Fesseln festhielt.

»Die Birne lässt sich drehen«, sagte Sina angestrengt, weil sie auf Zehenspitzen balancieren musste, um die Glühlampe zu erreichen. »Ich probier's mal.« Von einem Moment auf den nächsten war es stockdunkel in dem Zimmer.

»Dreh sie wieder rein«, bestimmte Gabriele.

Das Licht flackerte sogleich wieder auf. Sina kletterte vom Tisch, strich die Hose glatt und sagte leise: »Mit 220 Volt können wir einen Mann wie den Iren umhauen und zumindest für kurze Zeit außer Gefecht setzen. Was wir brauchen, ist ein Hilfsmittel, mit dem wir den Strom umleiten können, sodass er wirkt, sobald jemand den Raum betritt. Am besten wäre es, wenn wir die Türklinke unter Strom setzen könnten.«

Gabriele nickte begeistert. Ihre Freude erfuhr jedoch schnell einen Dämpfer, als sie sich nach einem leitenden Material umsah und nichts fand. »Wir brauchen etwas Metallisches, ja?«, fragte sie und sehnte eine Kabeltrommel oder Verlängerungsschnur herbei.

»Ja, metallisch«, antwortete Sina und drehte sich suchend im Kreis. »Es muss ein leitendes Material sein.«

Sie fanden nichts. Eine Stunde war verstrichen, vielleicht auch mehr. Die Frauen überprüften alles, was sie in die Hände bekamen, rüttelten abermals an den Edelstahlbeinen von Tisch und Stühlen, tasteten Wände und Böden ab, untersuchten jede Ecke. Sie bogen Gabrieles Haarnadeln auseinander, verbanden sie in mühseliger Fummelei miteinander – und kamen doch bloß auf eine Drahtlänge von etwa 30 Zentimetern. Sina kletterte erneut auf den Tisch, zog am Lampenkabel. Es gab keinen Deut nach. Sie würde es höchstens mit Gewalt aus der Decke reißen können, doch dann hätten sie kein Licht mehr, und Strom würde wahrscheinlich auch nicht fließen.

»So ein verfluchter Mist!« Sina blieb auf dem Tisch stehen und ließ den Kopf hängen. »Dabei war es eine so gute Idee!«

»Nicht den Mut verlieren«, meinte Gabriele, mochte ihre Worte jedoch selbst kaum noch glauben. Sie waren in eine Sackgasse geraten und steckten fest. Es führte nur ein Weg hinaus – und dieser Weg bedeutete den sicheren Tod für sie.

»Ich halt's nicht aus! Ich dreh gleich durch!«, schimpfte Sina. Damit machte sie sich bereit, vom

Tisch zu springen. Doch sie geriet mit dem linken Fuß auf einen der beiseitegeschobenen Frühstücksteller. Ihre Sohle patschte ins kalte Rührei, Sina glitt aus, konnte das Wegrutschen nicht ausbalancieren und fiel seitwärts vom Tisch. Mit der Schulter voran schlug sie auf dem Fußboden auf.

»Oh, nein!« Gabriele kam ihr sofort zu Hilfe und ging ihr zur Hand, damit sie sich aufrichten konnte.

Sina rieb sich die Schulter. »Auch das noch«, jammerte sie. »Das tut saumäßig weh.« Sie hob den Arm und ließ die Schulter kreisen. Gebrochen war offensichtlich nichts.

Gabriele wollte ihr tröstende Worte spenden, doch dann stockte sie. Ein Lächeln entfaltete sich auf ihrem Gesicht. Es war ein breites und gemeines Lächeln. Heimtücke blitzte in ihren Augen, als sie einen bis eben verborgenen Weg erkannte, der sie mit etwas Glück lebend aus ihrem Gefängnis führen würde.

30

Als es klopfte und die Klinke gedrückt wurde, rechnete Diehl mit der Visite und stellte sich darauf ein, Dr. Mertins mit bohrenden Fragen zu traktieren. Denn so einfach abspeisen lassen, wie es beim letzten Mal der Fall gewesen war, wollte er sich nicht.

Zu seiner großen Verwunderung trat jedoch nicht der Doktor mit Gefolge ein, sondern erst einmal gar keiner. Dann erschien ein Kopf im Türrahmen. Er gehörte seinem Assistenten.

»Harry?«, stieß Diehl verblüfft aus. »Was, zum Teufel, suchen Sie denn hier?«

Zögerlich, wie es seine Art war, kam der junge Mann näher. Im Abstand von etwa zwei Metern blieb er stehen, zog mit umständlicher Geste ein paar Latexhandschuhe und einen Mundschutz hervor und legte beides an. »Entschuldigung, Chef«, sagte er dabei. »Nur zur Sicherheit.«

»Das ist in Ordnung«, sagte Diehl schmunzelnd. »Es muss Sie ja schon eine große Überwindung gekostet haben, überhaupt hierher zu kommen.«

»Ja«, stimmte Harry geknickt zu. Dann schüttelte er die Gedanken an Krankheit und Ansteckungsgefahr ab und breitete den Inhalt seiner Aktentasche auf Diehls Bettdecke aus. »Ich habe Ihnen etwas mitgebracht«, verkündete er und klang stolz.

»Keine Blumen, wie ich sehe«, witzelte Diehl und machte sich sogleich ans Sichten der Unterlagen.

Harry ließ ihn gewähren und erläuterte dabei: »Zwei wesentliche Informationen konnte ich beschaffen. Die erste stammt aus der Baubehörde der Stadt Grafenwöhr.« Er zog eine Aktennotiz aus den Unterlagen und reichte sie seinem Chef. »Hier, sehen Sie: Es geht um ein Bauvorhaben aus dem Jahr 1982. Zwar unterliegen bauliche Maßnahmen auf dem Truppenübungsplatz nicht der Aufsicht der örtlichen Baubehörde, doch hier gab es eine Ausnahme: Die Amerikaner planten Sanierungsarbeiten an der Kirche von Frankenohe und waren dabei auf Vorkriegsunterlagen aus dem Gräfenberger Rathaus angewiesen.«

Diehl horchte auf und murmelte nachdenklich: »Die Kirche.«

Als Nächstes förderte Harry eine Reihe von Fotos und Dokumenten zutage, die er dem Aktenregister nach zu urteilen im Polizeipräsidium selbst aufgestöbert hatte: Es handelte sich um Bilder und Datenblätter über Bomben.

»Was hat es damit auf sich?«, wollte Diehl wissen.

Harry lächelte ihn nach Lob heischend an: »Das Material hat mir ein Kollege des Bombenräumkommandos zur Verfügung gestellt«, erklärte er. »Sie suchten doch nach einer Möglichkeit, Viren effektiv über eine größere Fläche zu verteilen.« Diehl nickte hochinteressiert und ließ den Kommissaranwärter gewähren. »Diese Unterlagen enthalten Daten und Fakten über Streumunition, sogenannte Kassettenbomben. Die Idee dahinter ist die, dass man einen Behälter nimmt, der wiederum mit vielen kleinen weiteren Behältern gefüllt ist. Die Minibehälter lassen sich mit einem beliebigen Inhalt bestücken. Das Ganze wird dann als Gefechtskopf für Raketen verwendet oder als herkömmliche Bombe zum Abwerfen aus einem Flugzeug. Über dem Zielgebiet löst ein Zünder die Explosion einer Sprengstoffkapsel aus, woraufhin die Minibehälter in alle Richtungen auseinanderstreben und ihren Inhalt über eine ausgedehnte Fläche verteilen.«

»Die Viren ließen sich mit einer solchen Streubombe also mit einem Schlag über einen großen Radius verbreiten? In einem dicht besiedelten Gebiet wäre der Einsatz einer solchen Bombe verheerend.« Tiefe Furchen bildeten sich auf Diehls Stirn.

Doch Harry war offensichtlich noch nicht fertig: »Der eigentliche Hammer kommt jetzt, Chef«, kündigte er an. »Die Kollegen, die sich die Wohnung und das Büro dieses Ex-Soldaten Spencer vorgeknöpft haben, sind in seinen Büchern auf etliche Militaria gestoßen.«

»Das wundert mich nicht«, meinte Diehl, »der Kerl hat mit allem gehandelt, was ihm in die Finger kam.«

»Ja«, sagte Harry triumphierend. »Aber was Sie ganz bestimmt wundern wird, ist die Tatsache, dass Spencer sogar ausgediente Waffen und Munition unter die Leute brachte. Darunter amerikanische Blu-3-Bomblets aus der Zeit des Vietnamkriegs, auch bekannt als Ananasbomben. Die sind nicht nur extrem gefährlich, sondern auch klein und handlich. Dieses Teufelszeug lässt sich ohne Probleme in einer größeren Tasche unterbringen.«

Diehl betrachtete das Foto einer solchen Bombe, die über einen ovalen Korpus verfügte und nach dem Auslösen nach oben abstehende Blechlamellen vorwies, die tatsächlich an die Blätter einer frischen Ananas erinnerten. »In einer Tasche, sagten Sie?«, vergewisserte er sich gedankenverloren und dachte an Reisetaschen, Koffer und an Diplomatengepäck, das am Flughafen nicht durchsucht werden durfte. »Und Huber? Haben Sie den alten Bruchpiloten erreichen können?«

Als wäre es nichts, konnte Harry auch hier einen Erfolg vermelden: »Er steht uns zur Verfügung. Ich habe ihn gebucht – auf Ihre Kostenstelle.«

»Das geht schon in Ordnung«, meinte Diehl und würdigte die unerwartete Leistung seines Lehrlings mit einem anerkennenden Blick.

Allerdings würde die größte Herausforderung dem jungen Mann noch bevorstehen: Denn Harry und Huber müssten die Rettungsaktion ohne Diehl durchführen, sollte er selbst nicht in absehbarer Zeit geheilt sein.

Dr. Mertins kam am frühen Nachmittag zur Visite.

»Wie fühlen Sie sich?«, fragte er.

Diehl hatte in der Mittagszeit dank einer weiteren Tablette ein wenig schlafen können. Nun fühlte er sich besser als am Vormittag. Bäume ausreißen konnte er aber ganz sicher nicht. »Tja, in etwa so, wie man sich mit einer Grippe fühlt.«

Dr. Mertins trat näher an sein Bett heran. »Grippe? Sagen wir besser: Grippaler Infekt. Viel mehr ist es nämlich nicht, was ich bei Ihnen diagnostizieren konnte.«

Diehls Herz machte einen Hüpfer. »Was?« Er sah den Arzt voller neuer Hoffnung an. Doch die Ernüchterung folgte auf den Fuß: »Wenn ich nur eine leichte Erkältung haben soll, weshalb tragen Sie noch den Mundschutz?«

»Weil ich mich weder mit der Marburg-Krankheit noch mit einem Erkältungsvirus anstecken möchte. Denn im Gegensatz zum höchst selten auftretenden Marburg-Virus fordert die normale Grippe jedes Jahr Hunderttausende Opfer, weltweit.« Er machte eine kurze Pause. »Außerdem fehlt uns die letzte Gewissheit. Wir haben Ihr Blut und Ihre Urinprobe zu einer weiteren, eingehenden Untersuchung in ein Laboratorium gegeben, das für die Untersuchung von Viren der Klasse 4 gerüstet ist.«

Diehl sah den Doktor mit geweiteten Augen an. »Wie lange wird das dauern?«, erkundigte er sich.

»Einige Tage werden die Untersuchungen mindestens in Anspruch nehmen, eher eine Woche.«

Diehl dachte an den Besuch des amerikanischen Vizepräsidenten, der morgen stattfinden sollte. Zu lange, lautete daher sein Urteil. »Geht das nicht schneller?«, wollte er wissen.

Dr. Mertins zog die Stirn in Falten. »Mediziner lassen sich ungern antreiben, erst recht nicht die Virologen. Die Analyse braucht ihre Zeit.«

Dann muss ich mit einem Rest Ungewissheit zurechtkommen, entschied Diehl, sprach seine Gedanken aber nicht laut aus.

Als ihn Dr. Mertins allein gelassen hatte, stellte Diehl ein gedankliches Szenario auf, in dem er sich ausmalte, was ihm blühen würde, wenn die Sache schiefging: Sollte er jemanden wissentlich infizieren, könnte ihm das als Körperverletzung ausgelegt werden. Im schlimmsten Fall sogar als fahrlässige Tötung. Dies war ein Risiko, das er einzugehen bereit war, um ein weitaus größeres Unglück zu verhindern.

31

Der Motor der Maschine dröhnte und brachte die schmale Kabine zum Vibrieren. Nur mit Kopfhörer und Mikrophon war es möglich, sich bei diesem Lärm zu verständigen.

Diehl saß neben Klaus Huber in der Kanzel, womit Harry der Kamikazeflug erspart blieb. Bei dem Flugzeug handelte es sich um eine fabrikneue Pilatus PC-6, ein einmotoriger Turboprop des Schweizer Herstellers Pilatus Aircraft. Diehls vierschrötiger Pilot hatte ihn vor Antritt der kurzen Reise auf die Vorzüge dieses Flugzeugtyps für ihre Mission hingewiesen: »Ein extrem leistungsstarker Motor, der uns mit mehr als 200 Stundenkilometern auf bis zu 7.500 Meter Höhe bringt. Niederdruckreifen, Scheibenbremssystem und ein Fahrwerk mit großer Schlagabsorption. Durch die hohe Flügel- und Propellerstellung gewinnen wir genügend Bodenfreiheit, um das Schadenrisiko durch Steinschlag beim Landen und Starten auf unbefestigter Piste zu verringern. Ein praktisches Arbeitstier mit toller Schubkraft und phänomenalen Kurzstarteigenschaften«, brachte Huber die Trümpfe seines Sechs-Personen-Fliegers auf den Punkt.

Weil der Nürnberger Flughafen wegen des Staatsbesuchs keinen ungeplanten Flugverkehr mehr aufnahm, starteten Huber und Diehl vom kleinen, jedoch für ihre Zwecke absolut ausreichenden Flugplatz im nahe gelegenen Herzogenaurach aus.

»Ich will mich ja nicht beschweren, ehe es überhaupt losgeht«, hob der Pilot mit seiner Reibeisenstimme an, »aber das Flugziel, das mir Ihr Kollege genannt hat, passt mir gar nicht in den Kram.«

»Keine Sorge«, gab Diehl zurück, »wir bleiben nicht lange.«

»Grafenwöhr ist Sperrgebiet. Das wissen Sie, oder?«

»Ja, und glauben Sie mir: Das ist nicht meine einzige Sorge.«

»Meine aber. Wenn Sie nicht ein Bul… – äh, von der Polizei wären, hätte ich den Job abgelehnt. Ganz klar.«

»Ich rechne es Ihnen hoch an, dass Sie uns helfen. Dafür haben Sie etwas gut.«

»Ich habe etwas gut bei der Polente? Wie wäre es, wenn Sie ein oder zwei Punkte in Flensburg von mir löschen lassen?« Huber lachte schallend über seinen eigenen Witz.

Im Tiefflug donnerte die Pilatus über den Waldgürtel, der den amerikanischen Truppenübungsplatz umgab. Die agile Maschine umflog die aufragenden Kronen einiger uralter Laubbäume, um gleich darauf in einer Lichtung noch tiefer zu gehen.

»Donnerwetter, was für eine Achterbahnfahrt!«, stieß Diehl aus und überprüfte seinen Gurt.

Innerhalb kürzester Zeit erreichten sie die Koordinaten von Frankenohe. Diehl musste Huber nicht auf die Lage der provisorischen Landepiste hinweisen, denn der erfahrene Pilot erkannte sein Ziel auch so. Nach einem Überflug mit nahezu ungedrosseltem Tempo leitete Huber eine sehr enge Kurve ein, bevor er die Behelfslandebahn ein zweites Mal ansteuerte.

Diehl registrierte das Rucken, das durch die Maschine fuhr, als das Fahrwerk herausgelassen wurde und arretierte. Kurz darauf bediente Huber die Landeklappen und drückte die Pilatus auf direktem Weg nach unten.

Gleich am Anfang der Piste setzten sie auf, woraufhin rings um sie herum Staub aufwirbelte. Nach wenigen hundert Metern brachte Huber das Flugzeug zum Stillstand. Augenblicklich stieß er die Kabinentür auf und rief Diehl zu: »Jetzt aber schnell! Tun Sie, was Sie tun müssen und kommen Sie zurück. Ich lasse den Motor laufen!«

Diehl nickte seinem in etwa gleichaltrigen Partner verschwörerisch zu und sprang aus der Kabine. Als würde Fersengeld bezahlt werden, rannte er auf den schon aus der Distanz deutlich zu sehenden Kirchturm zu. Er schnaufte und röchelte dabei umso mehr, je näher er seinem Ziel kam. Seitenstechen stellte sich ein, doch er spurtete mit unvermindertem Tempo weiter. Dabei nahm er sich erstens vor, künftig weniger zu rauchen, und zweitens, mehr Sport zu treiben.

Die Kirche machte auf ihn denselben desolaten Eindruck, wie er ihn von seinem letzten Besuch in Erinnerung hatte. Ein alles in allem baufällig erscheinendes Gotteshaus mit windschiefem Turm ohne Spitze, bröckelnden Wänden, von Sanierungsmaßnahmen keine Spur. Wie er bereits vermutet hatte, musste die sogenannte Sanierung im Inneren des Gebäudes beziehungsweise sogar unter der Erde vorgenommen worden sein. Jemand hatte die sakrale Fassade genutzt, um einen Unterschlupf der besonderen Art zu kreieren. Suchend, forschend und lauernd umrundete er den Kirchenbau.

Nachdem weder die Flanken noch der rückwärtige Teil einen einigermaßen intakten Zugang erkennen ließen, versuchte es Diehl wie schon beim letzten Mal am Hauptportal. Er machte sich daran, die verrammelte Pforte aufzuhieven. Doch er wurde unvermittelt durch aufgeregte Rufe unterbrochen.

Er hörte Stimmen von Frauen! Von Frauen in Todesangst!

Gleich darauf flog die Tür von innen auf. Diehl schaffte es gerade noch, zwei Schritte zurückzutreten, um nicht von den massiven Holzbohlen getroffen zu werden.

Dann sah er sie: Erst Sina, die Jüngere, dann Gabriele, seinen Schwarm, seine neue Liebe! Er spürte, wie ihm vor Erleichterung und Freude ein Stein vom Herzen fiel. »Sie leben!«, rief er ebenso überrascht wie überwältigt. »Was für ein Glück!«

Die Frauen, mit geröteten Wangen und angsterfüllten Augen, starrten ihn irritiert an. Sie zögerten, blieben stehen. Aber nur kurz. Dann rannten sie weiter. An Diehl vorbei. Ließen ihn stehen.

»Wir müssen weg von hier!«, schrie Gabriele ihm zu. »Weg, nur weg!«

Diehl begriff und eilte ihnen nach. Dabei versuchte er, ihre wahllose Fluchtrichtung zu korrigieren, indem er rief: »Kommt zu mir! Ich habe ein Flugzeug! Schnell, mir nach!«

Die Frauen änderten flugs die Richtung. Zu dritt liefen sie nun auf die Pilatus zu, deren Propellerblätter noch immer den losen Sand und Dreck aufbliesen. Niemand fragte etwas, niemand erklärte etwas. Jetzt kam es einzig und allein darauf an, keine Zeit zu verlieren. Entschlossen rannten Gabriele, Sina und Diehl weiter. Sie sahen, wie Pilot Huber die Tür aufhielt und sie zu sich herwinkte.

In diesem Moment krachte ein Schuss!

Sina duckte sich instinktiv. Sie sah sich um, erkannte den Iren, der aus dem Kirchenportal getorkelt kam. In der Hand einen Karabiner!

Ein weiterer Schuss wurde abgefeuert. Die Patrone schlug dicht neben ihnen ins Erdreich.

»Weiter!«, brüllte Gabriele aus Leibeskräften. »Schneller!«

Sie setzten alles daran, die letzten Meter bis zum Flugzeug unbeschadet zu überstehen. Gabriele drehte sich kurz um, und erkannte, dass der Ire ihnen folgte. Er machte Riesenschritte und holte zügig auf.

Sina erreichte die startbereite Pilatus als Erste, gleich nach ihr kam Gabriele an. Diehl hielt sich dicht hinter ihnen. Als Sina den ersten Fuß in die Kabine setzte, hörte sie den nächsten Schuss. Die anderen hatten es eilig, ihr zu folgen. Diehl zog hinter sich die Tür zu und verriegelte sie von innen. Durch das Fenster in der Tür erkannte er ihren Verfolger, der keine zehn Meter von ihnen entfernt war. »Los!«, rief Diehl dem Piloten zu. »Bringen Sie uns hier weg!«

Auch Gabriele drängte sich jetzt an eines der Fenster. Voller Entsetzen beobachtete sie, wie der Ire sein Gewehr noch einmal anlegte und schoss. Sie hörte ein Krachen, ein Pfeifen und das dumpfe Paff eines Einschlags. Hatte der Schütze das Flugzeug getroffen?

Huber erhöhte die Drehzahl des Motors. Die Maschine setzte sich in Bewegung. Das Spornrad am Heck hob sich schon nach wenigen Metern, sodass sie freie Sicht voraus hatten. Alle guckten jetzt gebannt aus den Vorderfenstern. Sie sahen die Piste vor sich. Das Flugzeug nahm Fahrt auf. Sie spürten, wie die Räder über Steine und durch Schlaglöcher rollten. Sie merkten, dass sie schneller wurden. Sie fieberten dem Start entgegen, hofften darauf, bald die Wolken zu durchstoßen.

Aber dann stand er direkt vor ihnen! Der Ire stellte sich mitten auf die Startbahn! Breitbeinig, das Gewehr im Anschlag. Sein mächtiger Kopf, die stiernackige

Statur – Sina gewann den Eindruck, dass nichts und niemand dieses Monstrum von einem Mann jemals würde zerstören können. Sie sah in die Mündung des Gewehrs, die direkt auf sie zielte und dachte, ihr letztes Stündlein hätte geschlagen.

»Oh, nein!«, schrie Gabriele auf, als auch sie den Iren wahrnahm. Mitten im Weg! Ausweichen unmöglich! Diehl griff instinktiv nach Gabrieles Hand, drückte sie fest.

Jetzt ging es Schlag auf Schlag: Das Flugzeug preschte voran. Der Ire betätigte den Abzug seiner Waffe. Die Pilatus jagte mit rasantem Tempo auf ihn zu. Der Ire schoss. Die Luftschraube näherte sich ihm mit drei Metern pro Sekunde. Die Kugel schlug in den Motorraum ein. Der Propeller erreichte die Position des Iren. Huber zog am Steuerknüppel, um abzuheben. Der Ire versuchte einen Ausweichschritt. Die scharfkantigen Blätter des Propellers erfassten ihn. Zerschnitten Kopf und Rumpf in Streifen. Verteilten Hautfetzen, Fleischklumpen und Knochensplitter in einem Umkreis von zehn Metern.

32

Sie blieben im Tiefflug, so niedrig, dass sie Wälder, Felder, Straßen und Bahnlinien sehen konnten. Als Diehl gerade begann, sich von der Aufregung und den Strapazen der letzten Minuten zu erholen und etwas zu entspannen, tippte ihn Huber an die Schulter. Er machte ihm ein Zeichen, den Kopfhörer aufzusetzen. Diehl folgte der Aufforderung.

»Wir haben ein neues Problem«, redete Huber in sein Mikrofon und deutete nach vorn. »Öl auf der Windschutzscheibe.« Hubers Stimme war ruhig, aber eindringlich.

Diehls Herz machte einen Satz, als er bemerkte, wie goldgelbe Fäden über die Scheibe liefen und sich von unten kommend auf dem Glas ausbreiteten. Entsetzt begann er zu begreifen, was vor sich ging: Der Ire musste mit seinem letzten Schuss den Motorblock getroffen und eine Leitung zerfetzt haben! Heißes Öl, das normalerweise zur Schmierung der Kolben dienen sollte, gelangte aus dem Motorraum und lief an der Motorhaube entlang. Der Fahrtwind presste das Öl nach hinten, sodass es gegen die Frontscheibe schlug. Es wurde immer mehr. In absehbarer Zeit würde es dem Piloten die Sicht nehmen.

»Verflucht, was machen wir jetzt?«, fragte Diehl und sah sich besorgt nach den Frauen um. Diese waren ganz mit sich selbst beschäftigt und hatten von der neuen Gefahr noch nichts mitbekommen.

»Genau auf Kurs bleiben, damit wir nicht die Orientierung verlieren«, sagte Huber, ohne sich aus der Ruhe bringen zu lassen.

»Okay«, meinte Diehl, dem es weitaus schwerer fiel, nicht nervös zu werden. »Aber wenn das ganze Öl ausläuft, frisst sich der Motor fest. Und wie sollen wir landen, wenn wir nicht sehen, wo die Bahn ist?« Auf einmal kam ihm eine Idee: »Können wir die Scheibe einschlagen?«

Huber winkte ab. »Das ist Sicherheitsglas, sehr stabil. Und selbst wenn, bräuchten wir Fliegerbrillen gegen den Fahrtwind.«

Der Pilot steuerte sein Flugzeug stur geradeaus, während der Ölfilm auf der Scheibe immer undurchdringlicher wurde. Eine Notlandung auf einer Wiese oder einem Acker war nicht mehr möglich, das war auch Diehl klar. Über einen Scheibenwischer verfügte das Flugzeug nicht, aber egal, denn die Wischerblätter hätten wohl alles nur noch schlimmer gemacht.

Huber erklärte: »Wir brauchen einen Verkehrsflughafen mit einer ausreichend langen und breiten Piste für einen Instrumentenanflug. Und einen guten Lotsen, am besten einen, der selbst Flieger ist.«

Angesichts des rapide stärker werdenden Ölaustritts kam nur Nürnberg infrage. Doch, so ging es Diehl durch den Kopf, der Airport müsste wegen des Staatsbesuchs inzwischen gesperrt sein.

Huber kümmerte sich nicht um diese Begleitumstände, sondern nahm umgehend Funkkontakt mit dem Nürnberger Tower auf. Er meldete der Kontrollstelle den Notfall und kündigte an, Nürnberg direkt anzufliegen.

Diehl, der den Funkkontakt über sein Headset mithören konnte, vernahm zunächst ein Rauschen. Danach bat der Lotse um mehr Informationen über die Lage. Huber schilderte in erstaunlich gelassenem Ton das aufgetretene Problem und erklärte, dass er nur über Funk, nicht aber über eine Instrumentierung für einen Präzisionsanflug verfüge. Und die Sicht sei inzwischen gleich null.

Der Lotse bat um Geduld, wies auf die aktuelle Sperrung des Nürnberger Luftraums hin und erkundigte sich nach den Treibstoffreserven.

»Minimal«, antwortete Huber, nachdem er einen kurzen Blick auf die Tankuhr geworfen hatte. »Dies ist eine Luftnotlage«, wiederholte er seine Meldung.

Für eine Minute herrschte Schweigen. Ein anderer Fluglotse meldete sich. Er bot an, Huber zur Anflugschwelle 10 oder 28 der Landebahn zu dirigieren und die Piste freizuhalten. Alles weitere würde beim Piloten selbst liegen.

Huber bestätigte, hielt weiter Höhe und Kurs. Diehl knetete seine vor Angst feuchten Hände. Die Frauen hatten inzwischen mitbekommen, was vor sich ging und beugten sich besorgt nach vorn. Ohne die Männer in ihrer Konzentration zu stören, beobachteten sie, was vor sich ging. Sie waren geschätzte 20 Kilometer von Nürnberg entfernt, als sich der Lotse noch einmal meldete. »Sind Sie mit einem Transponder ausgerüstet?««

Hubers Blick fiel auf ein unscheinbares schwarzes Kästchen, das unter dem Instrumentenbrett angebracht war. »Positiv«, sagte er und drehte an einem kleinen Stellrad.

»Dann stellen Sie bitte den Code 7700 ein. Wir lotsen Sie zum Platz.«

»Positiv«, bestätigte Huber. Er stellte die vierstellige Zahlenfolge ein, die in einem kleinen Sichtfenster erschien.

Diehl reimte sich aus den Informationsbrocken, die er mitbekam, zusammen, dass es sich um einen Notfallcode handelte, der über den Transponder ausgesendet wurde. Vom Kontrollturm konnte nun die genaue Position des Flugzeugs ermittelt werden. »Wir haben Sie auf dem Schirm«, meldete der Tower. »Fliegen Sie als nächstes eine Linkskurve.« Es folgte eine genaue Kursangabe.

Das Öl lief immer schneller und bildete einen lückenlosen, schmierig braunen Film. Das vorher sonore Motorgeräusch nahm ein kerniges Dröhnen an. Der Motor lief unrund und fing an zu rütteln.

Unter präziser Anleitung des Lotsen steuerte Huber den Flughafen Nürnberg an. Diehl gelang es, durch einen noch unverschmierten Teil des Seitenfensters einen Blick nach unten zu werfen. Er sah

Äcker, Wiesen und die Landelichter. Der Lotse bestätigte den Sichtkontakt. Er forderte Huber auf, eine 30-Grad-Kurve zu fliegen, die sie direkt vor die 45 Meter breite Landebahn bringen würde. Sie hätten dann eine 2.700 Meter lange Betonpiste vor sich, auf der sie die Maschine zum Stillstand bringen konnten. Die Pilatus benötigte unter normalen Umständen höchstens 500 Meter.

Die Rollbahn verlief von West nach Ost. Sie sollten nach Westen landen, gegen den herrschenden Wind. Zu Diehls Bestürzung hieß nach Westen landen aber auch, gegen die untergehende Sonne. Die Strahlen trafen auf den Ölfilm und verwandelten die Windschutzscheibe zu einem goldglühenden Blendwerk!

»Oh, Gott!«, kam es von hinten, wo Gabriele und Sina sich dicht nebeneinander gedrängt hatten und gebannt nach vorn starrten.

Huber behielt weiter die Ruhe, steuerte die empfohlene Kurve und setzte zur Blindlandung an.

»Ich kann Sie klar und deutlich sehen«, meldete sich der Lotse zurück. »Fahren Sie die Klappen aus. Gehen Sie auf 150 Fuß. Bleiben Sie auf Kurs. Rechnen Sie mit fünf Knoten Seitenwind von Nordwest.«

Huber checkte die Anzeigen von Geschwindigkeit, Höhenmesser, Sprit und Öldruck, der mittlerweile auf null gefallen war. Dann betätigte er den Hebel zum Ausfahren der Landeklappen.

»Sie haben etwa 100 Fuß Höhe«, funkte der Turm.

»Die Landebahn ist direkt vor Ihnen. Können Sie den Boden sehen?«

»Negativ«, antwortete Huber.

»Doch, doch, wir sehen ihn!«, rief Sina von hinten. »Wir sind schon ganz dicht über der Erde!«

Das Tempo betrug jetzt noch 60 Knoten. Bei etwa 50, so ahnte Diehl, würden die Flügel sie nicht mehr tragen.

»Kurs halten. Sehr gut! Geschwindigkeit weiter verringern. Noch langsamer. Nein, wieder schneller! Achten Sie auf den Strömungsabriss!«

Huber unterlief ein Patzer: Er ließ den Motor aufheulen. Das Flugzeug machte einen Satz nach oben.

»Jetzt tiefer. Ziehen Sie die Maschine nach unten. Geradeaus. Geradeaus, sage ich!«

Diehl riss die Augen weit auf, sah Huber erschreckt an. Der Pilot schien seine professionelle Gelassenheit zu verlieren, als die Pilatus ins Schlingern geriet.

»Sie sind noch zu hoch!«, schallte es durch den Kopfhörer. »Starten Sie durch!«

Huber ignorierte die Anweisung des Lotsen. Mit minimaler Landegeschwindigkeit fliegend, setzten sie extrem hart auf, prallten zurück in die Luft, sodass es ihnen sämtliche Knochen durchschüttelte.

»Gas geben«, rief der Lotse, »Seitenruder!«

Huber gab Gas und hielt die Nase des Flugzeugs leicht nach links. Wieder setzte die Maschine mit einem entsetzlichen Krachen auf, schnellte nach oben, um abermals aufzuprallen. Diesmal offenbar nicht auf

Beton, sondern auf Gras. Sie hatten die Landebahn verfehlt, schoss es Diehl durch den Kopf.

Huber riss den Steuerknüppel ganz nach hinten, sodass sich die Nase hob, der letzte verbleibende Auftrieb gekappt wurde und das Flugzeug wie ein Sack zu Boden fiel. Die beiden vorderen Räder gruben sich ins regennasse Erdreich, bremsten das Flugzeug rapide ab, sodass sich Heck samt Spornrad in die Höhe hoben. Gefährlich vornüber geneigt, schlug der Propeller eine Schneise durch das Gras. Pilot und Passagiere wurden hin- und hergeschüttelt.

Erschreckend plötzlich kam die Maschine zum Stillstand. Dann herrschte Stille.

Während die anderen aufatmeten, sich von den Gurten lösten, sortierten und nur noch eines wollten: aussteigen, in die Freiheit!, trieben Diehl die drängenden Gedanken an seine nächste Aufgabe: Es war ihm gelungen, ein Verbrechen zu verhindern, doch stand die Herausforderung des nächsten, bei Weitem größeren noch vor ihm. An ihm lag es, ein Attentat auf den amerikanischen Vizepräsidenten zu vereiteln, wenn nicht sogar eines gegen das amerikanische Volk!

Er sprang aus dem Flugzeug, das dampfend und in besorgniserregender Schieflage in der Wiese hing, und rannte über die Asphaltdecke der Startbahn. Nun galt es, seine Fürsorge gegenüber den Zurückgelassenen in der Pilatus hinten an zu stellen und den Gefahren zu trotzen, denen er sich aussetzte, während er ungesichert über das Flughafengelände lief. Er hatte in diesen kurzen Minuten nur eines vor Augen: die Präsidentenmaschine!

Mit Geheul und blinkenden Lichtern rasten die Fahrzeuge der Werkfeuerwehr an ihm vorbei. Diehl setzte seinen Weg unbeirrt fort. Er erreichte das weitläufige Vorfeld, das im Schein einiger Flutlichtmasten beinahe taghell vor ihm lag, im Hintergrund erkannte er das lang gestreckte Terminalgebäude. Nach kurzer Orientierung hielt er sich links und steuerte auf eine große Flugzeughalle zu.

Vor der Halle stand eine dreistrahlige Passagiermaschine, die er als DC-10 erkannte. Die McDonnell Douglas DC-10 war ein riesiges Flugzeug. Der Bug ragte vor ihm auf wie der Rumpf eines hochseetauglichen Schiffes. Zwei Triebwerksgondeln, jeweils von der Größe eines Kleinbusses, hingen an den weit ausladenden Tragflächen, eine dritte dominierte das mächtige Heckleitwerk. Der Gigant stand auf zwölf Rädern, jedes so dick wie ein Lkw-Reifen.

Diehl wusste: Die DC-10 hatte den Tross der Begleiter transportiert, während der Vizepräsident selbst an Bord eines zweiten Flugzeuges angereist war: Es handelte sich um eine weitaus grazilere Ausführung, deren schlanker Rumpf in der klassischen Bemalung einer Air Force One durch das halb offen stehende Tor der großen Flugzeughalle zu erahnen war. Der weißblau lackierte Jet vom Typ Boeing 707 verfügte über vier schlanke Düsen und gab eine wesentlich elegantere Erscheinung ab als der klobige Riese auf dem Vorfeld.

Diehl wollte weiter: zur Präsidentenmaschine selbst! Er musste dort Alarm schlagen! Denen sagen, was er inzwischen wusste! Sie über die drohende Gefahr informieren! Doch dazu kam es nicht. Er hörte die Schritte, die auf ihn zukamen, nur kurz. Zu spät, um reagieren zu können. Gleich darauf packten ihn starke Hände im Nacken. Er wurde zu Boden gestoßen. Jemand presste ihm einen Unterarm ins Genick. Sein Kopf wurde auf den kalten, feuchten Asphalt gedrückt.

33

Der Rotwein stammte aus Gabrieles Vorratsschrank, den Käse hatte Sina mitgebracht, frisch gebackene Weißbrotstangen steuerte Diehl bei. Einträchtig saßen sie am runden Tisch in Gabrieles Küche, eine Kerze sorgte für heimelige Atmosphäre.

Während sie tranken, aßen und plauderten, drang

von unten ein Poltern und Rumpeln bis zu ihnen herauf. Gabriele schmunzelte, denn diese Geräusche verrieten ihr, dass Friedhelm fleißig am Schuften war. Sie hatte neue Ware geordert, und an ihrem Bruder war es nun, die Kisten und Kästen, Pakete und Paletten zu entladen beziehungsweise auszupacken und für jedes Exponat einen geeigneten Platz zu finden. Strafarbeit hatte sie es genannt, und Friedhelm hatte es stillschweigend zur Kenntnis genommen.

Das Gespräch plätscherte zunächst vor sich hin, alle drei wirkten entspannt oder vielmehr erlöst. Eine enorme Belastung war von ihnen abgefallen, eine große Bedrohung gebannt. Doch jedem war klar, dass der unverfängliche Small Talk nicht darum herum führen würde, die offen gebliebenen Fragen anzusprechen und zu klären.

Diehl machte den Anfang, indem er über seine Infektion sprach, die sich letztlich als Fehlalarm erwiesen hatte: »Ich hatte eigentlich schon mit mir abgeschlossen. Dieses aggressive Virus – ich war mir sicher, dass mein Leben an einem seidenen Faden hing.« Glücklicherweise hatte sich herausgestellt, dass die dem Stroh aus dem Kuhstall anhaftenden Viren bereits abgestorben waren und keine Infektionsgefahr mehr von ihnen ausging. »Deswegen konnten auch die Kollegen aus dem Polizeilabor die Quarantäne wieder verlassen. Das Marburg-Virus kann außerhalb eines Wirtes offenbar nur für sehr kurze Zeit überleben«, erläuterte er.

»Aber in diesem unheimlichen Kuhstall, in dem wir

beinahe über Spencers Leiche gestolpert waren, wimmelte es von Fledermäusen. Sie könnten die Wirte und damit auch Überträger der Krankheit sein – geht von denen denn keine Gefahr aus?«, wollte Sina wissen.

»Die Amerikaner haben uns glaubhaft versichert, dass die gesamte Population vernichtet wurde. Und wenn die Amis etwas vernichten, dann machen sie das gründlich.«

»Das trifft zu«, meinte Gabriele grimmig. »Uns hätten sie ja auch beinahe gründlich beseitigt. Zum Glück sind wir ihnen im letzten Moment entwischt.«

»Was die Frage aufwirft: Wie, zum Teufel, habt ihr beiden das angestellt?«, fragte Diehl mit anerkennend glänzenden Augen.

»Wir haben sie aufs Glatteis geführt«, antwortete Gabriele vieldeutig.

Sina kicherte und ergänzte: »Genau genommen war es eher ein Gemisch aus Rühreiern und Kaffee, das wir auf dem Boden verteilt haben. Und weil das nicht ausreichte, haben wir …«

»Sina!«, unterbrach Gabriele. »Bitte keine unnötigen Details.«

»Na ja«, fühlte sich Sina in ihrem Elan gebremst, »das mit der Campingtoilette lag doch nahe.«

»So genau wollte ich es gar nicht wissen«, pflichtete Diehl Gabriele bei.

»Auf jeden Fall war es ein genialer Schachzug, euren Wärter auf diese Weise zu überwältigen und aus dem CIA-Bunker zu flüchten.«

»Was macht Sie eigentlich so sicher, dass es sich bei den Verhörräumen um Einrichtungen der CIA handelt?«, fragte Sina.

»Uns liegen Dokumente vor, die darauf hinweisen. Außerdem kam vom Grafenwöhrer Verbindungsoffizier bislang kein Dementi. Fest steht aber auch, dass die Räume schon seit Längerem nicht mehr genutzt und von den Verbrechern zweckentfremdet wurden.«

»Ganz ohne die Hilfe der Army dürfte ihnen das aber kaum gelungen sein«, wandte Gabriele ein.

Diehl nickte mit nachdenklicher Miene. »Ja, das lässt sich schwerlich abstreiten. Der Boss der Bande muss über hervorragende Verbindungen zu führenden Köpfen bei den US-Streitkräften verfügen. Sonst wäre das alles gar nicht möglich gewesen.«

»Ja, seine Drähte glühen wahrscheinlich seit den 70er-Jahren – seiner aktiven Zeit«, meinte Gabriele. »Aus dieser Zeit stammten wahrscheinlich auch die Pläne, um seinen abtrünnigen Wählern von einst einen Denkzettel zu verpassen.«

»Ja, indem er ihnen Atombomben und Biowaffen um die Ohren schmeißen wollte«, ereiferte sich Sina. »Was für eine rohe und verabscheuenswerte Art der Rache!«

Gabriele wirkte nachdenklich, als sie darauf einging: »Ich glaube, du urteilst da etwas zu simpel, Sinalein.«

»Simpel?« Sina warf ihrer Freundin ein giftigen Blick zu. »Was soll das denn heißen, he?«

»Das soll heißen, dass unser großer Bösewicht aus seiner Sicht durchaus hehre Ziele verfolgt haben könnte.« Sowohl Sina wie auch Diehl sahen sie bass erstaunt an, als sie weiter redete: »Ihr müsst euch vergegenwärtigen: *Er* ist ein Mann des Kalten Krieges, durch und durch überzeugt und beseelt von der These, dass die Sowjetunion und ihre Satellitenstaaten Staatsfeind Nummer eins der Vereinigten Staaten waren und bis heute sind. Aus seiner Sicht muss der momentane Schmusekurs zwischen den beiden einstigen Rivalen UdSSR und USA eine Ungeheuerlichkeit bedeuten. Es ist nicht auszuschließen, dass er ernsthaft um die Sicherheit seines Heimatlandes besorgt ist, sollten die USA sich auf weitere Abrüstungsrunden mit den Sowjets einlassen.« Gabriele schürzte die Lippen und legte mit gewählten Worten ihre These dar: »Ich denke, dass er mit den Anschlägen den früheren Zustand des Mächtegleichgewichts wieder herstellen wollte, indem er die Katastrophe den Sowjets in die Schuhe geschoben hätte. Um dieses Ziel zu erreichen, nahm er den Tod einiger Tausend seiner Landsleute in Kauf, meinte er doch, gleichzeitig das Ende einer ganzen Nation zu verhindern. Sein Land wäre nach dem Anschlag aller Wahrscheinlichkeit wieder in alte Denkstrukturen zurückverfallen – und für ihn hätte dies womöglich eine späte, aber aus seiner Perspektive verdiente Reputation bedeutet.«

»Was für ein teuflischer Plan«, sagte Diehl leise

und blickte Gabriele anerkennend für ihre geistigen Winkelzüge an.

»Wenn er je existiert hat«, ließ Sina Zweifel anklingen. »Können wir denn hundertprozentig sicher sein, dass wirklich *er* dahinter steckte?«

»Du hast ihn doch mit eigenen Augen gesehen«, sagte Gabriele, wobei ein leiser Vorwurf mitschwang.

»Ja, aber es war dunkel und er saß einige Meter von uns entfernt«, gab Sina zu bedenken und hielt Gabrieles strengem Blick trotzig stand.

Diehl hob beide Hände: »Ihr braucht euch deswegen nicht zu streiten. Denn wir werden es nicht beweisen können. Und wir werden an diesen Mann niemals persönlich herankommen. Er genießt jede nur erdenkliche diplomatische Immunität, er ist unantastbar.« Dann verzog sich sein Gesicht. »Ganz im Gegensatz zu mir. Denn auf mich wartet ein Disziplinarverfahren wegen diverser Dienstvergehen. Mein Job als Kripochef liegt vorerst auf Eis.«

Gabriele rückte näher an ihn heran und ließ ihr Weinglas an seines klirren. »Lieber Eduard, du weißt nur zu gut, dass sich das Verfahren in Rauch auflösen wird und man dir gleich danach ein oder zwei Orden an die Brust heftet. Du bist der Held der Stunde!«

»Ja!«, bekräftigte Sina. »Sie haben ein Attentat nie gekannten Ausmaßes verhindert! Ohne Ihr beherztes Eingreifen wäre die Präsidentenmaschine mit einer Biowaffe an Bord zurück nach Washington geflogen und hätte dort eine Masseninfektion mit dem Marburg-Virus ausgelöst.«

Diehl winkte ab. »Es gibt bis heute keine offizielle Bestätigung der Amerikaner, dass eine solche Biobombe tatsächlich an Bord gewesen ist.«

»Ich bitte dich«, sagte Gabriele und lächelte Diehl an. »Der Vizepräsident wurde in aller Eile mit einem Ersatzflugzeug ausgeflogen und der Präsidentenjet unter höchster Geheimhaltung in seine Einzelteile zerlegt. Der Nürnberger Flughafen ist während dieser Zeit komplett gesperrt gewesen. Das hätte man nie und nimmer bei einem Fehlalarm getan.«

Sina schüttelte den Kopf. »Viren, Bomben, Gefangenschaft, Psychoterror und dann auch noch ein Beinaheabsturz. Ich bin froh, dass wir diesen ganzen Horror endlich hinter uns haben.« Sie schob ihren Stuhl zurück und stand auf. »Nichts für ungut, aber ich lasse euch jetzt allein. Ich muss endlich mal wieder unter Leute kommen – unter *andere* Leute.«

Gabriele grinste sie wissend an. »Heißen diese anderen Leute zufällig Harry?«

Sina lief prompt rot an. »Woher weißt du …?«

Gabriele wechselte einen kurzen Blick mit Diehl. »Es ist uns nicht verborgen geblieben, wie ihr beide euch bei der Bestandsaufnahme gestern im Präsidium angehimmelt habt.«

»Also, bis dann.« Sina machte keine Anstalten, sich weiter zu erklären, und verließ flink die Runde.

Diehl begriff die neue Situation als Chance für

sich und wollte nach Gabrieles Hand tasten, die ihre jedoch zurückzog. »Lass uns nichts überstürzen«, sagte Gabriele sanft, aber unmissverständlich. »Ich muss unser letztes Abenteuer erst verdauen, bevor ich mich in ein neues stürzen kann.«

Diehl, leicht beleidigt und gleichwohl verständnisvoll, stand nun ebenfalls auf. »Ich verstehe«, sagte er und umarmte Gabriele zum Abschied.

Dann war sie allein. Sie lehnte sich in ihrem Stuhl zurück, schloss die Augen und atmete tief ein und wieder aus. Dies war das Ende der Geschichte. Das Ende einer beinahe unendlichen Geschichte, die sich über einen Zeitraum von mehr als drei Jahren erstreckt hatte. Angefangen bei ihren Erlebnissen auf der Ostseeinsel Peenemünde, gefolgt von ihren haarsträubenden Erfahrungen von Berlin und Nürnberg und abgeschlossen mit der Tortur, die sie in Grafenwöhr durchstehen mussten. Das alles war nun vorbei, abgeschlossen und beendet. Gabriele freute sich über die endlich eingekehrte Ruhe und sehnte sich nur noch nach Müßiggang und Entspannung.

Umso mehr störten sie die Rufe ihres Bruders: »Gabi! Besuch für dich! Soll ich ihn hochschicken?«

Was denn? Schon wieder Gäste? Hatte Diehl wohl etwas bei ihr liegen gelassen? »Ja, ja, wenn es denn sein muss«, rief sie ins Treppenhaus und war über die neuerliche Störung gar nicht begeistert.

Anstelle des Kommissars tauchten zwei Männer in dunklen Anzügen vor ihrer Wohnungstür auf. Ihre korrekte Kleidung, die sorgsam gescheitelten Haare und die ausdruckslos freundlichen Gesichter gaben ihnen die Anmutung von Mormonen auf Bekehrungsreise. Doch Gabriele wusste es besser. Wortlos bat sie die Männer herein.

»Danke«, sagte der Ältere der beiden. »Wir überbringen Ihnen Grüße aus Pullach.«

Gabriele deutete ein Nicken an, sagte aber nichts.

Der Jüngere sah ihr direkt in die Augen, als er feststellte: »Die Zentrale meint, dass Sie Ihre Aktivitäten vorerst ruhen lassen sollten. Ihre Tarnung darf nicht gefährdet werden.«

»Selbstverständlich bleiben Sie als Agentin aktiv. Der BND braucht Sie«, ergänzte der andere schnell, »wir legen Ihnen lediglich nahe, Urlaub zu machen und sich – sagen wir – eine Weile von der Bildfläche zu verabschieden.«

Ruhe? Urlaub? Waren das nicht genau die Dinge, die Gabriele herbeisehnte? Mit einem Lächeln, das zwischen Dankbarkeit und Finesse pendelte, stimmte sie zu.

[NACHWORT]

Richard Nixon, geboren am 9. Januar 1913 in Yorba Linda, Kalifornien, war von 1969 bis 1974 der 37. Präsident der Vereinigten Staaten von Amerika. Ein Steuer- und Bestechungsskandal, bekannt als Watergate-Affäre, drohten zum Sturz Nixons zu führen. Als erster Präsident in der Geschichte der USA legte er am 9. August 1974 sein Amt nieder, um einer Amtsenthebung zuvorzukommen. Nixon bestritt zeitlebens, der Anstifter der Watergate-Vergehen gewesen zu sein. Gleichzeitig machte er jedoch von seinem Recht auf Nichtherausgabe der Unterlagen aus seiner Präsidentschaft Gebrauch. Nixon starb am 22. April 1994 in New York, nach offizieller Lesart an den Folgen eines Schlaganfalls.

DANKSAGUNG

Danken möchte ich Kerstin Hasewinkel und Dr. Uwe Meier, mit denen ich die Idee zum ersten Teil der Feuerfrauen-Trilogie entwickelt habe. Für ihre Hilfe bei der Gestaltung der Fliegersequenz danke ich Regina Pierdzig. Claudia Senghaas danke ich für die gute Zusammenarbeit beim Lektorat und meiner Frau Susanna Gräwe sowie meinen Eltern für Kritik, Anregungen und Ansporn.

Jan Beinßen

Weitere Krimis finden Sie auf den folgenden Seiten und im Internet: www.gmeiner-verlag.de

JAN BEINSSEN
Feuerfrauen

373 Seiten, Paperback.
ISBN 978-3-8392-1043-7.

GEGEN DIE ZEIT Die Nürnberger Antiquitätenhändlerin Gabriele Doberstein hat sich auf die Beschaffung wertvoller Gemälde spezialisiert, die in der Fachwelt als verschollen gelten. Unterstützt wird sie dabei von ihrer jüngeren Freundin Sina Rubov, einer Studentin der Elektrotechnik.

Nach dem Fall der Mauer ist das ungleiche Duo im Osten unterwegs: Auf der Ostseeinsel Usedom soll sich in einem alten Nazi-Bunker bei Peenemünde eine verborgene Schatzkammer befinden. Doch als die beiden Frauen in das Innere der Festung eindringen, erleben sie eine gefährliche Überraschung …

JAN BEINSSEN
Goldfrauen

272 Seiten, Paperback.
ISBN 978-3-89977-1097-0.

STRENG GEHEIM Die Nürnberger Antiquitätenhändlerin Gabriele Doberstein bekommt Besuch von einer Journalistin, die sie für den Stadtanzeiger interviewen will. Doch allem Anschein nach interessiert sich die Frau viel mehr für einen alten Biedermeiersekretär. Ebenso wie ein Geschäftsmann, der ein paar Tage später auftaucht. Als in derselben Nacht in den Laden eingebrochen wird, schwant Gabriele nichts Gutes. Zusammen mit ihrer Freundin Sina nimmt sie den Sekretär genauer unter die Lupe – und wird fündig. Unter einer Schublade entdecken die Frauen einen Umschlag mit geheimen Dokumenten, die in das Berlin der Vorwende-Zeit weisen …

GMEINER

Wir machen's spannend

SABINE FINK

Kainszeichen

418 Seiten, Paperback.
ISBN 978-3-8392-1184-7.

BAUSÜNDEN Mike Hartmann, als Bauleiter für ein Erlanger Unternehmen in Tschechien tätig, stirbt bei einem Autounfall. Seine Verlobte Chrissy leidet sehr unter dem Verlust, auch wenn die Beziehung in der Krise steckte. Als sie ein dreiviertel Jahr später zufällig Mikes ehemaligen Chefs Johannes und René Ducros über den Weg läuft, tauchen verdrängte Fragen auf. Warum verhielt sich Mike damals so seltsam? Hatte es mit der Baustelle zu tun, auf der er arbeitete? Und welche Rolle spielen die beiden Brüder? Chrissy hat das Gefühl, dass etwas nicht stimmt. Erst recht, als am nächsten Tag ihre Wohnung brennt und sie nur knapp den Flammen entkommt …

FRIEDERIKE SCHMÖE

Wasdunkelbleibt

273 Seiten, Paperback.
ISBN 978-3-8392-1199-1.

ANGRIFF AUS DEM CYBERSPACE Halloween. Ghostwriterin Kea Laverde staunt nicht schlecht, als vor ihrem Haus weit vor den Toren Münchens ein junger Mann seinen Roller parkt. Noch verwirrender ist die Geschichte, die Bastian Hut ihr auftischt: Er sei vor drei Jahren im Alter von 15 von Kriminellen als Hacker angeworben worden. Seine Erlebnisse habe er in einem Text zusammengefasst, aber er brauche die Hilfe der Ghostwriterin, um daraus ein Buch zu machen. Kea sichtet die Aufzeichnungen. Sie hält den Jungen für einen Wichtigtuer, nimmt den Auftrag aber an, um ihre Kasse aufzubessern. Wenig später ist Bastian tot – und ein Hacker namens x03 in das Intranet des LKA in München eingedrungen …

GMEINER

Wir machen's spannend